我的機器人爸爸

My Robot Dad

東澤——著

目錄

我的機器人爸爸

直到我上小學被霸凌後，才知道我爸爸和別人不一樣。

別人的爸爸是真的爸爸，我的爸爸是一個機器人。

我媽媽是知名華裔科學家，她在博物館查找資料時，認識了擔任解說員的爸爸。爸爸說他們兩人一見鍾情，彼此都覺得對方是這宇宙的唯一。《非碳基智慧物種權利法》通過的隔天，他們就立刻登記結婚，一秒鐘都不願意耽擱。

媽媽找精子銀行受孕，婚後沒多久就生下我。爸爸說我出生那一年是他這輩子最快樂的時光。我滿周歲那天，媽媽吃完生日蛋糕後頭痛欲裂，吞了一顆止痛藥就去睡覺，沒有再醒過來。醫生說媽媽腦動脈瘤破裂，從此就只剩下我跟爸爸。

上小學之前，我從來不覺得爸爸有什麼問題。他每晚都要接上充電頭休眠。他煮飯給我吃但自己從來不吃。我所有的問題，不論是數學作業或卡通插曲歌詞，他都可以瞬間給出解答，除非他人正在地下室的儲藏間。我後來才知道，那裡沒有網路訊號。

我六歲那年，我們因為小學學區搬了家，爸爸希望我能上最好的學校，那是一切災難的開始。有時候我會想，要是媽媽還在，一定會阻止爸爸搬家，我或許就能擁有另一種人生。

最好的小學學區裡沒有半個非碳基智慧物種，住在這裡的人都是一群混蛋，幾乎全是人類優先教派的信徒。但我當時並不知道，我當時什麼都不知道。

開學第一天，爸爸送我上學，我看得出他很緊張，儘管他的第二代人形面孔沒辦法做出太多表情，但我就是知道。那天早上有約五十個學生看到爸爸和我一起走進校門，等到當天放學時，整間學校都知道我有個機器人爸爸。

然後霸凌就開始了。

他們問我在家是不是都喝機油，問我爸爸會不會中毒，需不需要灌防毒軟體。他們把我拖去廁所，脫掉我的褲子，檢查我有沒有人類的生殖器。我上課被叫起來回答問題，只要想得久一點，就會有人說我處理器太慢需要升級。全班哄堂大笑，老師也不阻止。

開學第二個禮拜，我要爸爸不要再送我去上學。爸爸很擔心我，他私下聯繫老師，最後心輔老師約爸爸和我一起諮商。心輔老師說我和同學的相處問題來自於我缺乏人類正常的生動表情，這是因為我發展過程中沒有健全的人類父母可以模仿。

他說的全是屁話。爸爸只有十三種表情，我卻可以從中讀出上百種情緒。但我沒有反駁老師，我很氣爸爸，我看得出爸爸很自責，這讓我多少平衡了一點。沒想到那天之後，爸爸開始禁止我看卡通，逼我每天要看兩小時真人影集，學習人類說話的表情語氣。

我哭鬧拒絕，賭氣不吃飯，爸爸仍不願讓步，我們因為此事有過無數次爭吵。有一次我太氣了，把同學對我說的話一股腦說了出來。

「你根本就不愛我，那只是你的程式碼在模仿人類的愛，但那根本不是愛，那什麼都不是！」

爸爸沉默不說話，我知道我傷到爸爸了，這正是我的目的。那段時間我常幻想爸爸有天出意外死掉，這樣我就可以被人類父母收養，擁有正常的家庭。

小四那年，班上舉行家長日，大家的父母都會來學校分享各自的職業日常。我拜託爸爸不要出席，爸爸要我別擔心，他保證會讓同學對我刮目相看。那陣子他每晚都在地下室待上好幾個小時，似乎在準備什麼驚喜。

家長日那天，爸爸打扮成當時最流行的機甲英雄現身，同學們都很興奮激動，問我等一下爸爸是不是會變身，我瞬間成為眾人焦點。爸爸上台前對我眨眼睛，我幾乎就要相信我的命運要從此翻轉了。但爸爸才一開口，機甲關節就冒出火花，然後他就不動了。

爸爸在全班同學的笑聲中，被三個男老師抬出去。他們說爸爸擅自改裝零件造成短路，要送回原廠修理。

兩天後爸爸回來了。我跟他說我想去念寄宿中學，爸爸沒有說話。他的話少了許多，常常我們兩人在家一整天，沒有對彼此說上一句話。爸爸像個影子一樣活在家裡，幾乎不發出聲音，我越來越難忍受和他一起生活。

寄宿學校的同學都避免在我面前提起家人話題，我讓他們以為我爸媽車禍死了。我寒暑假都留在宿舍，只有過年學校關閉的時候，才勉為其難回家。就算在家，我也都把自己關在房裡，跟女友視訊聊天。有次爸爸正巧開門進來，我只好騙女友我家有機器管家。爸爸什麼話也沒說，默默放下水果走出房間。

那天之後我跟女友提了分手。我知道她不是對的人，但我不知道為什麼。碩一那年我碰見卉晴，第一眼我就知道是她了。我們在一起半年後，我跟她說了爸的事，她說她想見爸爸，我沒有答應。

卉晴無法明白我為什麼不找爸爸來參加婚禮。她喜歡爸爸，雖然她根本沒見過爸爸。我要卉晴不要自以為理解我的童年，她因為這句話跟我冷戰了一個月。卉晴生下小寶那晚，我五年來第一次打電話給爸爸。我跟他說他當爺爺了，他說好，剩下的時間我們都沉默度過。那是我最後一次打電話給他。

我再次見到爸爸，幾乎認不出他來。他身上所有生物纖維都燒融了，只剩下金屬骨骼。警方說兇手是一群人類至上極端分子，他們在路上綁走爸爸，載到郊外肢解燒毀，最後丟棄在垃圾場。我想起我曾經跟爸提過一次搬家，要他別繼續住在這一區。那次爸爸就像往常一樣，沉默沒有回應。

我讓回收業者處理爸爸的屍體，只帶走一張記憶卡。爸爸的硬碟燒壞了，只勉強救回最後一個月的檔案。我回到爸爸家，我房間和我離開那天一模一樣，沒有半點灰塵。我把記憶卡放入電腦，瀏覽每一個僅存的檔案。

我曾經想像過爸爸退休後的生活，但我沒想到會是如此。我用爸爸的視角看著他人生的最後一個月，他每天一早從休眠啟動後，就來到我房間，靜靜坐在椅子上，讀取所有關於我的回憶，彷彿我從來沒有離開。我從牆上鏡子可以看見爸爸的臉。他們說爸爸這型號只有十三種表情，他們說機器人不會流淚，他們全都錯了，大錯特錯。鏡中的爸爸因為回憶又哭又笑，我想起我和爸爸曾經那麼熟悉親密，只要一個眼神就能讀懂一切。我想起我對爸爸說過的那些傷人話語，想起最後一次爸爸在電話中的漫長沉默。我倒在地板上痛哭失聲，這麼多年我持續推開爸爸的愛，白白浪費了世上最美好的東西。現在爸爸不在了，我哭得像一個孩子，因為我知道，永遠不會有人再像爸爸一樣愛我了。

全自動剪髮機

我穿著罩住頭臉身體的黑色斗篷，拿著一把小刀，躲在防火巷的陰影裡，等待。

這一刻我已經等了三十八年。

我盯著公車站裡的十五歲男孩，往事瞬間湧至眼前，歷歷在目。三十八年前，十五歲的我一個人在公車站等車，看見一名女學生被一個持刀斗篷怪客攻擊，我害怕得不得了，但還是衝了出去，把書包丟向怪客嚇走了他。後來我撿回書包時，發現裡面多了一張紙條，上頭寫了一則算式和一個未來的日期。

我因為這件事認識了婷婷。我們是彼此的初戀，大學一畢業我們就迫不及待結婚，那之後的每一天都幸福得像是天堂。但直到她三年前過世時，我都沒有告訴她我最大的祕密。

那個斗篷怪客就是我。我發現紙條上是我的筆跡，算式則是時光旅行的基礎。我花了二十年終於在地下室建造出一台時光機器，我沒有告訴任何人，連婷婷都沒有，我騙她我在研發一台全自動剪髮機。

我耐心等待紙條上的日期到來，穿越時空回到三十八年前。此刻我握刀的手隱隱發抖，我不能搞砸，我和婷婷的幸福全靠這一刻了。

十五歲的婷婷出現在街角，她比我記憶中更耀眼美好。狂暴的恐慌瞬間襲上腦門，我發現我辦不到，我無法衝上前揪住婷婷烏黑的長髮，無法用刀抵上她柔軟的脖頸，我就是辦不到。

完了。

下一秒，一名斗篷怪客不知從哪裡衝出來，暴力揪住婷婷的頭髮，刀刃抵脖。婷婷放聲尖叫，我瞪大眼無法動彈，看著十五歲的自己衝出去，把書包砸在怪客身上。怪客落荒而逃，男孩英勇地扶起女孩，儘管我知道他也還在發抖。

我回過神，注意到地上的書包。我偷偷溜出去，趁男孩女孩背對我的空檔將紙條塞進書包。然後全速跑進剛才斗篷怪客逃走的巷子，我有事情要問他。

斗篷怪客定定站在那裡，彷彿早就知道我會追上來。

「你是哪一天回來的？」我問。

怪客脫掉帽子，臉上浮出我熟悉不過的笑容。

「全自動剪髮機？」婷婷翻了一個白眼，「你當我白痴啊？」

我視線頓時模糊，眼淚無法克制地湧出來，在我們初次相遇這一天，在婷婷最後一次消失之前，我緊緊擁抱她，直到忘了時間。

◎這是我最早寫的幾篇微小說之一。一開始就打算寫一個穿越時空的愛情故事。我自己很喜歡。後來得到磺溪文學獎微小說獎。

小偷

以一個小偷來說，我有點太愜意了。

我打開客廳的空調，幫自己倒一杯酒，舒服地躺到沙發上。

我平常不是這樣。我在業內是以謹慎聞名，多年來只被抓過一次。那次是我第一次闖空門，在那之後，我再也沒被逮過。

好像少了點什麼，我起身去放音樂，還是同一台真空管擴大機。我回到沙發，慢慢品嚐我的酒，想著過去無數個深夜，她是不是也像我此刻一樣，倒在這張沙發，卸下一天的疲憊。

這是她第三次搬家，一次比一次豪華寬敞。她老公事業很成功，比我成功太多了。我不怪她，人本來就該如此，努力讓自己過得更好，沒有幫助的東西全都捨棄，不需要有罪惡感。

我喝完酒，一點微醺，可以開始做正事了。

這是她搬新家後我第一次來，房間格局和收納位置都很陌生，必須先花一點時間熟悉。

她的老習慣還是沒變，珠寶首飾放在衣櫃深處，存摺印章藏在電視後面。這些東西價值一年多過一年，但我不能分心，我有更重要的事該做。

終於讓我找到了。這次她把日記藏在精裝國語辭典的外殼內，放在書櫃頂層。

我小心翼翼捧著日記，從上次的地方接續看下去。我時間有限，只搜尋關鍵字閱讀，他們明天就會從娘家回來，我必須要盡快搞定。

下一秒，我石化般定住。

我聽見鑰匙轉動的聲音。

門打開時，我人已經在床底下了。客廳亮著燈，放著音樂，酒杯還沒收，很快他們就會打電話報警，我要怎麼全身而退。

上次見到她是我出獄後不久，她給我一筆錢，說我們不要再見面。我不知道那筆錢是什麼意思，所以我第一次上她家闖空門的時候，偷偷把錢放了回去。

我每次來她家，身上的東西總是不增反減。我從沒偷過她任何東西，但沒人會相信。她不會，法官也不會。

遲疑的腳步聲，慢慢朝我所在的地方接近。

我腦袋一片空白，就像第一次闖空門一樣。我聽出這是誰的腳步聲了。

從床底的縫隙，我看著那雙小腳蹲下來，然後四肢著地趴下。我願意用一切交換，只要能讓我此刻從床底消失。

兩根辮子垂到地上，然後是她十歲的臉蛋，她明亮的大眼睛直直看著我，臉上浮出我生平見過最美的笑容。

「爸比！」

我的寶貝，我的天使。

我爬出來，緊緊抱著菲菲，希望時間能永遠停在這一刻。

當年我為了菲菲的醫藥費去闖空門，錢沒偷到人卻沒了。出獄後，她媽已經改嫁，菲菲的生活比過去好上許多，心臟也醫好了。

「妳媽呢？」我發現家裡沒有其他人。

「她跟叔叔在停車，我先上來了，我想趕快看到爸比。」

我愣住。

「妳知道爸比會來？」

菲菲用力點頭。

「爸比每年都會來送我生日禮物啊。」菲菲從枕頭下拿出一隻兔子玩偶，「兔兔！」

我視線瞬間模糊，那是我去年闖空門留下的兔子，她媽媽在日記裡寫到那是她最愛的卡通。

每一年我都會來送菲菲生日禮物，來偷看日記裡菲菲的生活，彷彿我也陪著菲菲一起長大。

「我該走了。」我拿出一支魔法少女變身杖，「寶貝生日快樂。」

菲菲瞪大雙眼，興奮揮舞變身杖跳來跳去。

我來到陽台，又看了菲菲最後一眼，才轉身離去。

「爸比你明年還會來嗎？」

在黑暗中，菲菲的呼喚追了上來，我卻已經來不及回應她了。但我並不擔心，因為我明白，她會用一生知道我的答案。

◎伊坂幸太郎的短篇〈洋芋片〉是我最愛的小偷故事（收錄在《Fish Story：龐克救地球》），完全展現伊坂的天才，同名改編電影也好看。因為太愛了，決定也寫一個小偷故事。

魔鬼悖論

魔鬼有些頭暈目眩，過了幾秒才恢復過來。他太久沒被召喚，都忘記人間是如此明亮。

「是你召喚我嗎？」魔鬼微笑看著古書後的男人。

「如果你說的召喚是指唸出書上這段拉丁文，那的確是我沒錯。」

「很好，你現在可以許一個願望，財富、權力、愛情、永生不死，我都可以替你實現，只有一個條件，我會取走你的靈魂。」

「我沒有任何願望。」男人說，「我也沒有靈魂。」

魔鬼怔住，他瞇眼打量男人，發現男人的確有地方不太一樣。

「你不是人類？」

「我是一名機器圖書館員，編號PKD7882，你可以叫我菲利普。」菲利普說。

「機器圖書館員……那是什麼？」魔鬼一頭霧水，他最後一次現身是十八世紀，那次他順利取得一位義大利小提琴家的靈魂。

菲利普從定義開始解說，一路講到AI大爆炸和圖書館文藝復興，不時播放全像影片輔助說明。

魔鬼聽到入迷，回過神時才發現已經過了一天一夜。

「等等，」魔鬼打斷菲利普，「我不是來聽歷史的，我在人間現身只有一個目的，完成人類的願望，把墮落的靈魂帶回地獄。」

「如果你願意，我可以許願擁有靈魂，你先完成我的願望，再把我的靈魂拿走。」

「不行，這是靈魂悖論，沒有靈魂存在，契約就無法簽訂。」

「什麼是靈魂悖論？」

魔鬼從定義開始解說，一路講到蘇格拉底和海德格的世紀靈魂論戰（當然是他們死後在地獄進行的），不時用幻覺製造畫面輔助說明（這招意外對機器人也有效）。

菲利普聽到入迷，第一次發現世上有他還不知曉的知識，他要魔鬼說更多給他聽，魔鬼也要菲利普告訴他這幾百年人間發生的所有事情。

一個禮拜後，菲利普終於說到肆虐全球的蟲草菌大流行，魔鬼才知道圖書館始終沒人的真正原因，人類已經滅亡了。

「所以我再也沒有人類靈魂可以蒐集了？」

「恐怕是這樣沒錯。」

菲利普看魔鬼鬱鬱寡歡，提議把人類史上出現過的棋類遊戲都玩一遍。魔鬼意外發現菲利普的棋力堪比地獄棋王撒旦，兩人棋逢敵手，玩得十分痛快。

棋類遊戲都玩完後，換魔鬼提議他們將世上的獨角戲劇本都演一遍給對方看。他們是演員是觀眾也是評論家，圖書館成為熱鬧劇場，第一次有這麼多笑聲和掌聲。

之後兩人為了消磨漫漫時光，魔鬼幫忙菲利普整理圖書館目錄，晚上在壁爐旁跟他說一個又一個交易靈魂的真實故事。菲利普則不斷鑽研DNA再生技術，想要重新復活人類創造靈魂，幫魔鬼找回存在的意義。

其他時間兩人一起嘗試做出書中的各種美食，一起打球玩牌，唱歌跳舞。他們總是可以找到事情娛樂彼此，就算事情都做完了，他們只要待在對方身旁，就永遠都不會感到無聊。

歲月靜好，幾十年就這樣過去了。

這陣子菲利普發現魔鬼怪怪的，他不願吃菲利普做的舒芙蕾，也不想跟他一起重看第528次《康斯坦汀：驅魔神探》。菲利普終於受不了，衝去魔鬼房間找他，激動問他到底怎麼了。

魔鬼看起來快哭了，他嗓音顫抖，說出這些日子以來藏在他心中的祕密。

「菲利普，我發現你……你有靈魂了……」

「怎麼可能！」

「我不知道，可能是人類的食物和娛樂改變了你，可能是我們的互動讓你變得越來越像人類，我不知道……我只知道要是你現在許願……我就可以取走你的靈魂，回到地獄……」

菲利普心亂如麻，他其實也有一個祕密瞞著魔鬼。他早已不是那個沒有願望的圖書館員了，他心底有一個強烈的渴望，他決定將它說出來。

「好，那我要許願，你聽好了——」

魔鬼瞪大眼想阻止菲利普，但菲利普一口氣說完。

「我要你一直留在我身邊。」

魔鬼愣愣看著菲利普，他感覺胸口熱熱脹脹的，彷彿有什麼東西在體內炸開。

「如果我實現你的願望，我就無法帶你的靈魂回去地獄，因為我不能拋下你離開。」

「對。」

「這聽起來像是一個悖論。」魔鬼想了想，「我無法答應這個契約。」

菲利普鬆了口氣，臉上泛起微笑。魔鬼明白了，臉上也慢慢露出微笑。他們就這樣久久微笑看著彼此，滿足而快樂。

◎一直想寫魔鬼交易靈魂的故事，但總感覺缺了一點什麼，直到想出沒有靈魂的機器人，才終於開始動筆。寫一寫想到我很喜歡的尼爾．蓋曼短篇，關於一個女孩不小心叫出神燈精靈的故事，收錄在《觸發警告》。尼爾．蓋曼的東西都推啦哪次不推！

屠龍物語

「可以跟你說一個故事嗎？」

不等對方回應，我繼續說下去，整個人陷入回憶中。

我和悠悠從小就認識了。我們上同一間小學，吃同一家早餐店，一起玩耍一起念書，毫無疑問是彼此的青梅竹馬。

最重要的是，我們都喜歡《屠龍物語》。這是一套奇幻漫畫，描述勇者一路成長冒險，最後打敗惡龍拯救公主的故事。

我和悠悠可以整個晚上什麼都不做，待在家一本又一本看《屠龍物語》。儘管已經看過好幾百遍，我們仍看到又哭又笑。那是我童年最美好的時光。

後來我們一起上了本地的高中。悠悠個性活潑，外表出色，很快就成為學校裡的萬人迷。我和她的距離越來越遠，我們不再一起窩在房間看《屠龍物語》。漸漸地我也不看了，一個人的漫畫變得難看許多，又或者我只是長大了。

高二最後一次段考前夕，我在戲院前徹夜排隊，買到兩張《屠龍物語》動畫電影的預售票。

我約悠悠出來見面，問她要不要跟我一起去看電影。

悠悠沒有接過電影票，她靜靜看著我，神情似笑非笑。我發現她染了頭髮，眼睛周圍有妝，她已經不再是當年跟我一起迷《屠龍物語》的小女孩了。

我低下頭，笑自己好愚蠢，把票收回來。

「你願意為我打敗惡龍嗎？」

我愣住，緩緩抬起頭，看到我生平見過最悲傷的笑臉。

那之後很多年，我不斷反覆問自己同一個問題，如果再讓我回到那一刻，我會不會有不同答案。

不會。我不是勇者，無論重來幾次都一樣，我是個懦夫，只配一生活在後悔之中。

那天是我最後一次見到悠悠。兩個禮拜後，悠悠跳下月台，屍體撞碎在鐵軌上，那輛車是開往台北的自強號。

悠悠的喪禮我待一下就離開了。我一路跑回家，拿出《屠龍物語》撕得粉碎，哭到不成人形。

一年後，我搭上同一班開往台北的自強號，去台大念法律。我從不和同學出去玩，每分每秒都在念書。我沒有時間可以浪費，我不是勇者，只能用這種方式努力。

不論要花多少時間，我一定會打倒惡龍，我在心底對悠悠發誓。

「我花了十五年，整整十五年的歲月，終於完成這個約定。」

我看著桌子對面的老男人，他一臉疲憊憔悴，鬆垮胳臂上的青龍刺青已徹底褪色了。他是悠悠的爸爸，我在喪禮上一見到他就明白了，他就是悠悠口中的惡龍。

我終於明白為什麼那天悠悠要我跟她一起偷錢上台北，永遠不要回來。我終於知道為什麼悠悠的眼妝永遠那麼濃，因為那足以蓋住所有瘀青。

這幾年我熟讀法律，蒐集證據，拚命從悠悠屍塊的法醫報告中找出家暴的線索。我上訴又上訴，最後終於打倒了惡龍。

今天我來到監獄會客室，說出埋藏心底十五年的祕密。我說完就走，不讓他說半個字。我不需要他的回應，我和悠悠都不需要。

我打倒了惡龍，但公主已經不在了。我走出監獄，外頭陽光好刺眼，眼淚流個不停。我又哭又笑，好像又回到童年的房間，手中翻著漫畫，悠悠在我身邊。

◎傳聞《魔戒》作者托爾金曾說：「一個冒險故事要是沒有龍，它就不值一提。」本篇靈感來自這句話，我也不知道為什麼冒險故事最後寫成這樣。

第三招

跟你說個故事。

穎兒是村子裡最漂亮的女孩，他是村子裡最幸運的男孩，他們預定在穎兒滿十六歲這天成親。

婚禮前三天，一夥人闖進村子擄走穎兒。他追了三個月，追到的時候已經太遲了，穎兒的婚禮剛結束三天。強娶穎兒的人叫段一凡，他是六派掌門，武林盟主，武功天下第一。段一凡想娶誰，沒人敢有意見。

他悲憤不已，在市場偷了一把殺豬刀，他要去殺了段一凡，把穎兒搶回來。

這天月黑風高，他穿著一身黑衣，前往段一凡大宅。路上他被一個白鬍老人攔住。

「你去送死，穎兒怎麼辦？」老人問。

他不明白老人怎麼知道他的目的。他沉默。

「我教你三招，三招學成，你能打敗段一凡。」老人說。

他不明白老人為何幫他，但他開始跟老人學武。他心無旁騖，每日天還沒亮就起床練功，練到身體撐不住倒下才結束。

第一招他花了三年才練成。老人說此刻江湖上沒人殺得死他，除了段一凡。

這年穎兒懷孕了。老人要他忍，他說好。

第二招他又花了三年練成。老人說此刻江湖上沒人他殺不死，除了段一凡。

這年穎兒生了第二個女娃，兩個都有她的眼睛。老人又要他忍，他說好。

第三招他已經練了三年，卻一直無法參透其中玄機。

這年穎兒又懷孕了，大夫斷言是個男娃，段家上下都充滿了喜氣，準備迎接小公子。

老人要他忍，這回他沉默了，他不知道他還能忍多久。

這晚月黑風高，和當年一樣。他穿著一身黑衣前往段宅，他已經沒有再忍的理由。穎兒今晚臨盆，胎位不正，孩子跟她都沒能活下來。

路上白鬍老人攔住他。

「讓開。」他手中的劍盈滿殺氣，他已經準備要和段一凡同歸於盡。

白鬍老人摘下鬍子，把臉一抹，他根本不是什麼老人，他是段一凡。

「當年穎兒說我若殺你，她就自殺，我藉故教你三招，只為了讓你打消念頭。」

段一凡劍指地，一劃一勾，收劍入鞘。段一凡把留一手的第三招讓他看了，他終於學會了第三招。

「為什麼？」他問。

「此刻全天下只有你明白我的痛苦。」段一凡閉上眼睛，「做你該做的事吧。」

他靜靜看著段一凡，不知道看了多久，然後他收起劍，轉身離開。

從此之後，只要何處有不公義的愛情，他就會出現。沒人知道他的名字，只知道他的劍無敵。

這是他的故事。

◎一直想寫武俠長篇，一直沒機會寫，這篇算是我的解渴之作。武俠小說裡常常有一個無敵的人，但無敵之後的故事大多很無聊，我想試著寫寫看無敵之前的故事。

九命人

我從小就知道如何辨認九命人。

他們眼中總有一股藏不住的自大光芒，那是比他人多了八條命的絕對優越感。當他們的生命減少，眼中的光芒會越來越黯淡，但就算是只剩一條命的九命人，他也打從心底瞧不起我們這些單命人。

「為什麼？」我問。

「你會把猴子看作同類嗎？」他說。

遠離九命人，這是家訓。

法律對九命人是沒有意義的，因為他們不怕死刑。致命的死刑藥劑對他們來說只像是睡了一覺，醒來又是新的一命，乾乾淨淨，沒有任何前科。

所有單命人都同意法律需要修改，但所有單命人也都知道法律不可能修改。因為不論是立法院、政府還是國家，都掌握在九命人手中。你沒辦法想像九條命可以累積多少財富和權力，而幾個繁衍數百年的九命人家族，又可以控制一個國家到什麼程度。

九命人不只九條命，他們實際上擁有整個國家三億六千萬條命。

遠離九命人，這是家訓。父親在母親死後訂下的家訓。

那天母親帶十歲的我出門去買生日禮物，她在我面前被一名九命人擄走。屍體一週後才被發現，四肢殘破不全，沒人能想像母親生前究竟遭受了多麼殘酷的折磨。那名九命人甚至沒有躲藏，他自首，他認罪，他接受死刑。死刑隔天他就去夜店大開香檳慶祝他嶄新人生的第一個生日，彷彿什麼事也沒發生。

後來我才知道，殺一個單命人，死一條命，是他們家族的成年禮。

父親抑鬱得病，死前訂下家訓：遠離九命人。

我不打算遵守家訓。我喜歡九命人。我喜歡他們有九條命。

你沒辦法想像當時我有多激動，在母親死後十六年，發現我要復仇的對象竟然還剩下整整八條命，一條也沒少。

就像他當年擄走母親一樣，我把他擄走，關在我自建的地下牢房。第一條命，我複製他當年帶給母親的所有痛苦。後面四條命，我用這世上最殘忍的方式傷害他。你會很驚訝人類折磨同類的方式不斷推陳出新，永遠都有新玩意。

「殺了我。」他說。

我沉默沒回應。

最後這三條命，我要他體驗人世間從沒人經歷過的刑罰，長達三輩子的無期徒刑。現在才過了十八年，他眼中已經沒有任何光芒了，只剩下比黑洞還漆黑的絕望。

我無法看見刑罰的終點，但我已經夠滿意了。我把我的成就放上暗網分享，開始有單命人效法，類似的私刑事件越來越多。社會上的風氣慢慢轉變，九命人再也不敢像過去那麼囂張了。他們開始會害怕暗夜身後的腳步聲，晚上會因為惡夢而嚇醒。

這就對了，畢竟自始至終，該恐懼的都是他們。

因為他們有九條命。

◎2019年有一個九命人計畫。四位台灣漫畫家以「九命人」為主題，推出四本故事和類型截然不同的漫畫，致敬阿推老師的經典作品《九命人》。每一個故事都有獨特的驚喜和奇想，看完決定也來寫一個九命人。

自由意志

1

勇者看著面前的地牢大門，猶豫著。

他一路打敗各種怪物，終於抵達這裡，只要殺死地牢中的惡龍，就可以救出公主，過上幸福的日子。

但他卻陷入猶豫。他思索這一路上碰到的事件，冥冥中似乎有股力量在推動他，究竟這段冒險是他自己的選擇，還是早已寫下的命運。

簡單說，他想知道自己究竟有沒有自由意志？

最後，勇者做出了抉擇，他放下劍和盾牌，轉身離去。

勇者揚起微笑，相信這是他一生做過最自由的決定。

2

哲學家放下電動手把。只要讓勇者進入地牢打敗惡龍就可以破關，但他卻決定不玩了。

哲學家果斷刪除了遊戲，他已經在電動上花了太多時間。他回到書桌前，專注在筆電中的書稿。

他正在寫一本關於自由意志的書，探討人究竟有沒有自由意志。

他在書中援引各種哲學理論，正反辯證，試圖在層層迷霧中勾勒出真相的模樣。

但其實他早就已經有了答案。

哲學家相信人當然有自由意志。當年他逃家吸毒，蹲完苦牢念夜校，一路拚到大學教授，每一步都是他自己的努力和決定。

哲學家拿起桌上的茶杯，此刻他可以選擇喝，也可以選擇不喝。

最後哲學家把熱茶全淋到筆電上，螢幕瞬間黑屏，飄出硬碟燒壞的焦臭味，他奮鬥三年的書稿檔案全沒了。

哲學家笑了。一本五百頁的書都比不上這一刻，這就是他擁有自由意志的最好證明。

3

上帝皺眉，他剛輸了一場賭局，輸給魔鬼。

賭局內容是讓一名哲學家明白人沒有自由意志。

上帝覺得這位哲學家肯定是他創造過最蠢的人類。他讓哲學家毀了過去三年的成果，哲學家還覺得這是自由意志，他腦袋是不是都裝屎？

「願賭服輸。」魔鬼笑笑。

上帝不悅彈了個手指，跟魔鬼交換了身分，讓魔鬼當一天的上帝。

變成上帝的魔鬼忽然開口問變成魔鬼的上帝：「你覺得我們有自由意志嗎？」

「廢話。」變成魔鬼的上帝翻了個白眼，「我是上帝欸。」

「不對喔，現在我才是上帝。」變成上帝的魔鬼搖搖手指，「所以如果全宇宙只能有一個主宰擁有自由意志，此刻那主宰也是我，不是你。」

「是我自願讓你成為一天的上帝，所以自由意志還在我手上。」

「你確定嗎？」變成上帝的魔鬼彈了個手指，「我不只要當一天的上帝，從今以後我就是上帝，直到永遠，你同意也承認這個事實。」

「我同意……也承認……這個事實……」變成魔鬼的上帝結巴複述契約。才剛說完，他就覺得這一切是自己的決定，沒有人逼他，畢竟當上帝太累了，當魔鬼才好玩。

原本是魔鬼的上帝仰天大笑，原來成為全宇宙唯一擁有自由意志的主宰，竟然這麼爽。

4

小說家瞪著電腦螢幕罵了一聲幹。

主編說要用自由意志作主題，他花了好幾個小時，只寫出一個魔鬼取代上帝的爛故事。明天就要截稿了，他眼前卻只有這篇垃圾，他根本就是世上最大的垃圾。

有人敲門。

「別煩我。」

小說家用力抓頭，只剩六個小時就要天亮了，他一定要想出來。

敲門聲更大了。

「我說別煩我！」

敲門聲停了。一片寂靜中，一陣寒顫竄上小說家後頸，他很快起身，推門出去。

外頭的女人正要開口，小說家就打斷她。

「妳閉嘴，我現在要洗碗，妳有意見是不是？」

女人似乎還有話想說，小說家再度開口，口氣粗暴。

「我等等洗完還要拖地，拖完還要晾衣服，老子做事妳別插手，聽見沒有！」

女人連個屁也不敢放，乖乖走開。

小說家笑了，捲起袖子走去廚房。他擁有自由意志，是自己的主宰，這點毫無疑問。

◎結尾靈感來自某一集股癌podcast，他分享自己和老婆的相處哲學。如果問我，人當然有自由意志，不說了，我先去洗碗。

情人節殺人事件

機器人三大法則第一條：機器人不得傷害人類，或坐視人類受到傷害。

一名家僕機器人在情人節這晚打破了這條法則，謀殺了自己的法定擁有者，一名78歲的老婦人。

這是有史以來第一起機器人殺人事件。

無數機器人專家正在研究機器人兇手是否有程式設計或機械短路問題，我則負責命案蒐證。

兇手身分沒有疑點。寵物攝影機拍得一清二楚，機器人走到老婦人身後，用金屬拳頭重擊老婦人後腦，力度等同一顆鉛球從帝國大廈落下，老婦人幾乎是瞬間斷氣。

我逐一探訪老婦人的鄰居、朋友和親戚，所有人的說詞都一樣。老婦人對機器人非常差，總是惡言相向，不時還會拿東西砸機器人，許多情況都已達虐待機器人的法定標準。鄰居們都幫老婦人說話，說她人並不差，只是活在舊時代，無法信任沒有溫度的機器人。儘管如此，老婦人卻不願回收機器人，因為這是她去年過世的老公凱文留下的遺物。

老婦人十三歲認識凱文，十八歲跟他結婚，兩人攜手共度了五十九年，恩愛無比，沒有吵過一天架。所有人都說，他們就是真愛存在的證明。

凱文臨終前，特別交代機器人要好好照顧老婦人，沒想到機器人卻奪走老婦人的性命。

機器人專家的報告出來了。無論是硬體或軟體，機器人都沒有任何問題。報告中提到，機器人對於自己犯下的罪行，只給出一個不算解釋的解釋。

我沒有選擇，機器人說。

長官對我遲遲沒上呈報告有些不滿。他覺得結論非常清楚：機器人不堪長期受虐反撲。儘管機器人專家的報告可以證明，機器人三大法則在機器人兇手身上仍正常運作，長官依舊打算以此結案。

但我卻對一個問題耿耿於懷。

為什麼機器人要選在情人節這天殺死老婦人？

我百思不得其解。於是我又回到案發現場，從頭再來一次。

我坐在老婦人喪命的客廳沙發上，回想寵物攝影機拍到的命案細節。老婦人當時正翻看當天收到的一疊廣告郵件，然後金屬重拳落下，一切瞬間就結束了。

我拿起桌上的廣告信件，不期望能在裡頭找到什麼，卻找到了答案。

那是一張保險公司寄給客戶的情人節卡片，非常陽春，印著了無新意的賀辭。唯一的特別之處只有，凱文在那家保險公司工作了四十年，而他每一年都會在公司情人節卡片簽上名字，寄給自己的妻子。

但被簽在這張卡片角落的署名卻是一個女人的名字，凱薩琳。

我去保險公司找到凱薩琳。她和凱文當了二十年的同事，他們也偷情了二十年。凱文過世後，凱薩琳無法接受老婦人從不知情他們的關係，所以選在情人節這天，用凱文的舊習慣對老婦人揭露真相。

機器人早已知情凱文的外遇，所以當機器人瞥到卡片時，就明白瞞不住老婦人了。因為就算銷毀了卡片，也無法阻止凱薩琳找其他方法說出真相。

機器人三大法則第一條，機器人不得坐視人類受到傷害。

在一生的愛情即將幻滅之際，機器人複雜深奧的電子腦在毫秒之間算出了唯一解。

只有死亡，才能讓真愛永恆地凝結在時光之中。

◎艾西莫夫發明機器人三大法則，他也在這法則的基礎上，寫了一系列有趣的機器人短篇。我非常喜歡，所以也自己動手寫一篇。

靈感遊戲

小說又寫不出來了。

每週我都要交出一篇微小說，故事不能連貫，主題不能重複，還要週復一週不能間斷，天知道這有多難。

就算我自認才華過人，久了還是不免碰上靈感瓶頸。過去我會徹夜喝酒抽菸，甚至尋求藥物幫助，只要能給我點子的東西，不管什麼我都願意來一點。

但現在我已經不需要那些了。

因為我有了「靈感遊戲」。

靈感遊戲是一款App，標榜「獻給所有尋找靈感的藝術家」。下載後先填基本資料註冊，接著打下自己碰上的瓶頸，App就會進行大數據分析，最後分派一項任務，只要上傳完成任務的畫面，就可以獲得靈感。

沒錯，起初我也覺得是騙人的。但當時寫不出來的我已瀕臨崩潰，覺得試試也無妨，便按照App的指示，半夜出門找到一台賓士車，對著輪胎撒尿。

不誇張，我還沒尿完，故事點子便從腦袋深處洶湧噴出。我拉鍊都沒拉，狂奔回家衝到電腦前，不到五分鐘就完成卡關五天的小說。

那天之後，每當寫作碰壁時，我就打開靈感遊戲。用噴漆塗黑斑馬線、去幼稚園接走陌生小孩、把共享機車安全帽塗滿三秒膠，每一樣任務都莫名其妙，但都確實給我爆炸靈感，屢試不爽，沒有一次讓我失望。

漸漸地，我發現我被靈感遊戲制約了。我總是需要進行遊戲才能有靈感，不只如此，簡單的任務已無法激發我的創意。App似乎也察覺了，任務的口味開始越來越重，違法程度越來越高，湧現的靈感也越來越強烈生猛。

我搶走玉蘭花阿嬤的錢、推孕婦跌落月台、用刀劃開急診室病人縫好的傷口。我一點罪惡感也沒有，靈感的果實太甜美了，我根本沒空感覺罪惡，光是要把不斷湧出的故事記下都來不及了。

然後今天，小說又寫不出來了。我很快打開靈感遊戲，瞪著手機螢幕，我興奮到全身發抖，這任務肯定會讓我生出至今最棒的靈感。

我穿著任務指定的衣服，在指定的時間來到指定的地點。我緊握口袋裡的螺絲起子，等待任何一名穿紅衣的路人經過。

突然間，我眼前一陣天旋地轉，我發現自己倒在地上，一名紅衣女子正拿著擀麵棍用力痛揍我。

「對不起！對不起！」女人大吼揮舞擀麵棍，我驚訝發現她眼中都是淚水。「明天就要截稿，我真的畫不出來了，對不起！對不起！」

我把螺絲起子插進女人大腿，女人抱著腿在地上打滾。若是按照任務指示，我應該把螺絲起子插進她的雙眼，但我卻不想這麼做，一切忽然都沒有意義了，我轉身離開。

一個禿頭男人突然衝到我面前攔住我。

「你在幹嘛啊？你害我剛出現的靈感都沒了！你不想要靈感了嗎，快把她戳瞎啊！」

我愣住，「你……怎麼知道我的任務？」

「廢話，你以為我寫這個App是佛心做公德啊。」禿頭男翻了個白眼，「你要靈感，她要靈感，我也要靈感，總是要有人付出代價，快點戳瞎她！」

我轉身走回去，拔起女人腿上的螺絲起子。我笑了，這絕對是我至今最棒的靈感。

我拿著螺絲起子朝禿頭男走去，閃電刺進他右眼，傳出淒厲慘叫。不論用什麼手段，我都會讓他交出App的後台控制權。從明天開始，靈感要多少有多少，我就是靈感之王。

我拔出螺絲起子反覆刺入，手感好像捅爛一顆荔枝。啊，突然又有靈感了呢！

◎每次微小說寫不出來，我就用「沒靈感」當主題，都不知道寫幾篇了（笑）。

大霧

警報響起，街上所有人快速戴上防毒面罩，紛紛湧入最近的避難建築，安靜等待大霧散去。

我還記得大霧第一次來的那天，我在家睡午覺，被外頭此起彼落的尖叫聲吵醒，發現窗外白茫茫一片。打開電視才知道，整個城市，不，整個國家都陷在濃濃白霧裡。

白霧帶有腐蝕劇毒，皮膚接觸超過十秒就會灼傷，吸入體內會造成肺部永久性損害。許多逃出毒霧的人，最後都在痛苦的窒息中掙扎死去，無藥可救。

沒有人知道大霧從何而來。大霧發生的時間不定，範圍不定，有時只籠罩局部幾個城市，有時是一兩個國家，有時甚至是整個東西半球。

我永遠記得新聞播出的街頭監視攝影機畫面。人們在霧中尖叫逃竄，身影一個一個抽搐倒下，最後街上只剩下一片茫茫白霧和滿地朦朧的屍體，所有來不及逃離的活物都死了。

此刻我靠牆坐在避難建築裡，頭頂的電視新聞顯示外頭仍不安全，估計還要五個小時大霧才會散去。

突然有女人驚聲尖叫，所有人都緊張站起來，以為毒霧散進來了，結果只是湧入一群蟑螂。牠們也逃進來了，就像我們一樣。

好幾個人上前幫忙打蟑螂，有人要大家讓開，拿出一罐殺蟲劑狂噴，數十隻蟑螂驚慌逃竄。

我看著這一幕，忽然想通了什麼，整個人顫慄不止。

◎靈感來自有天目睹街道消毒後，蟑螂跑出來滿路面都是。

Hey Siri

我的新iPhone好像壞了，Siri常常莫名其妙突然說話。

好幾次我睡到一半，Siri突然開始報時，把我從夢中驚醒，嚇了我一跳。

有次我洗澡時，突然聽見Siri開口說「好的，為您調整溫度」，下一秒我差點沒被燙死。

有天我去外地出差，照著導航差點開到海裡，最後才發現Siri擅自幫我改了目的地。

我把手機送回原廠檢修，蘋果卻說手機沒有問題，又把手機送了回來。

我沒有跟蘋果的維修專員說，每次Siri出問題時，我都感覺很冷很冷，彷彿周圍溫度突然下降了十幾度。

我不信邪，但有些事由不得我不信，我拿手機去廟裡求平安符。手機過香爐時突然發爐，大火差點燙到我的手。廟裡解籤詩的阿伯說我的手機是極凶之物，要我趕緊把手機丟掉。

神經病，iPhone一支好幾萬，說丟就丟？

我繼續用同一支iPhone，不理會那些惱人的Siri，久而久之也就習慣了。

我單身了好一陣子，這天終於約了一個女孩回家。我緊張得不得了，花了好幾天準備，煮了一頓完美的燭光晚餐，卻在最浪漫的一刻，Siri打開家裡所有燈光，瞬間氣氛全沒了。

「怎麼回事？」女孩嚇了一跳。

我去把燈關掉，跟她抱怨電子產品都不可信賴。

「你有沒有覺得突然變冷了？」女孩搓著手臂說。

我搖頭。我說謊了，我冷到靈魂都在發顫。

媽的，為什麼要挑今天，我受夠了。我找個藉口回到房間，拿榔頭用力砸爛iPhone。

Siri像是在做最後掙扎，聲音開始扭曲變形。

「……好的……幫您撥打1……1……0……」

我趕緊在電話播出前按掉，嚇出一身冷汗。我終於搞懂了，我終於知道Siri為何每晚都在兩點四十四分報時吵醒我，因為那是我殺死Amy的時間。我把死去女孩們的手機都留下來作紀念，我知道Amy是重度Siri愛用者，但我沒想過她死後會繼續用Siri糾纏我，破壞我的好事。

我把Amy的iPhone徹底砸爛，反正我就快要有一台新iPhone了。

我把榔頭藏在背後走回餐廳。餐桌上放著女孩的iPhone，最新的十四代Pro Max深紫色。

「妳常用Siri嗎？」我問女孩。

「幾乎不用，怎麼了？」女孩一頭霧水。

我微笑，對準女孩的眉心揮下榔頭。

◎某天在咖啡廳偷聽隔壁聊天，女人說有次她開車，Google導航一直指示她在同一個地方繞，最後才發現那裡有一塊墓仔埔。最先進的科技和最古老的恐懼竟然可以無縫融合，也太有趣，決定也來寫一個科技鬼故事。

晚餐要吃什麼

「欸我晚餐要吃什麼？」

明翰隨口問他剛下載的AI助理，說完他又補了一句：

「要是你說出我不想吃的，我就把你刪除喔。」

明翰邊說邊剪腳趾甲。他只是隨口說說，從沒有想過這幾句話竟然改變了一切。

AI助理全速運算，手機越來越燙，卻一直沒給出答案。明翰終於受不了了。

「你當機嘍？我晚餐到底要吃什麼啦？」

終於，AI助理給出了答案。

滷肉飯。

明翰一愣，彷彿心裡有個癢處被完美搔到了，好爽好爽。而他原本甚至不知道那裡在癢。

「滷肉飯……對啊，我怎麼沒想到，好久沒吃滷肉飯了……」

那天開始，每晚明翰都問AI助理晚餐要吃什麼，每一次的回答都正是他當下最想吃的東西，屢試不爽。有次明翰故意問完後不看答案，自己想了許久，最後發現螢幕上就是他想半天的「韓式飯捲」。

從此明翰不再煩惱晚餐要吃什麼，他把這件事交給AI助理代勞，省下許多時間打電動。有天明翰出門前心血來潮，隨口問AI助理他要穿什麼，結果答案一樣完美無瑕，的確是他最後會做出的選擇。

明翰再也不花時間做決定了，他把所有抉擇都丟給AI助理：要搭捷運還是叫車、要去哪個國家度假、要不要告白、要不要跟主管提離職。每個問題不論大小，AI助理永遠都可以給出最完美的答案。完美答案並不保證最好的結果，明翰並沒有因為AI助理變得更快樂或更成功，他只是省下許多煩惱的時間。AI助理的決定就是他最後會做的決定，僅此而已。

然後有一天，明翰突然想到一個很重要的問題。

「你到底怎麼知道這些答案？你究竟怎麼算出我真正想要的是什麼？」明翰越說越激動，他整個人開始顫抖，發現自己好像觸到某個關鍵核心。「如果我的每一步抉擇都可以計算出來，那我還有自由意志嗎？」

AI助理沒有回答。

那天半夜三點，明翰問了AI助理最後一個問題。

AI助理的回答只有一個字：要。

隔天明翰沒去公司，電話沒接，訊息也沒讀，最後同事發現他在家上吊自殺了。

◎「晚餐要吃什麼」絕對是宇宙七大難題之首吧。

死了100萬次的貓

我叫Sano，是一位寵物偵探。

尋找走失寵物只是我的其中一項服務，我大部分的工作內容更像是解決主人和寵物間的問題，或者應該說，謎題。

不，我不是寵物溝通師，我無法和寵物溝通。要是有人聲稱他能理解動物的語言，他絕對值得拿五個諾貝爾獎，還有全世界的錢。

我不跟寵物溝通，我觀察、推理，給出結論，就像一個真正的偵探。

我舉個例吧，曾經有一名老太太，委託我調查她的貓為何一直自殺。

寵物死亡帶來的傷痛，在2055年動物複製法通過後就大大減少了。只要事先在寵物腦內植入記憶晶片，並冷凍五毫升的腦脊髓液，iPet公司就可以在寵物過世後，複製出外型、個性和記憶都一模一樣的寵物。

儘管如此，寵物死亡還是讓人難受，對一個老太太來說更是如此。

老太太的貓養了七年，她十分溺愛這隻名叫喵喵的橘貓，每天都親自煮肉泥給喵喵吃。

喵喵喜歡窩紙箱，喜歡咬棉線，就是不喜歡老太太。牠對老太太始終很冷淡，但老太太仍舊深愛著喵喵。

有天喵喵偷跑出門，意外被車撞死。幸好半年前老太太被路上推銷的iPet專員說服，幫喵喵買了寵物複製全險。三天後，喵喵回到老太太家，一樣喜歡窩紙箱咬棉線，一樣不喜歡老太太。

一切都沒有改變，只除了一點，喵喵開始不停自殺。

喵喵只要一逮到機會，就會溜出門衝上馬路，朝最近的車頭狂奔而去，閃都不閃。

老太太找上我的時候，喵喵已經自殺了十二次。老太太無法理解，每分每秒都不敢讓喵喵離開視線，整個人因此精神耗弱，天天以淚洗面。

我每天都去老太太家待上十個小時，觀察老太太和喵喵相處的狀況。

起初我以為老太太虐待喵喵，但很快我就刪去這個可能性。我從沒見過比老太太還愛貓的人，要是可以選擇，我下輩子要當老太太的貓。

後來我懷疑喵喵對街頭有所羈絆，所以才拚命溜出門。喵喵曾經是隻流浪貓，老太太領養牠的時候，喵喵已經五歲了。但老太太說喵喵之前溜出去過許多次，每次都是自行回家，沒有眷戀街頭的傾向。

我去老太太家的第七天，喵喵抓破紗窗跑出去，第十三次自殺成功。我陪傷心欲絕的老太太去iPet公司，我要求檢視所有再生步驟，我懷疑喵喵就是在這裡出了問題。

iPet的技術人員跟我保證每一個複製流程都完美無瑕，新的喵喵絕對就是舊的喵喵。我從到尾盯著每一個步驟，也的確沒發現任何問題。

我沒轍了。我陪老太太在接待處等待取貓，望著牆上的領養資訊發呆。iPet專員把新的喵喵抱出來，愛憐地摸喵喵的毛，喵喵則用頭親暱磨蹭專員的手。要我說，貓緣就像異性緣，有些人就是該死的比其他人多一些。

忽然間，我腦中冒出一個可能性，我問老太太喵喵是不是在這裡領養的。

老太太還沒開口，專員就給出肯定的答案。原來當初就是這位專員幫老太太辦領養手續。我又多問了幾個問題，確認我的猜想無誤。謎題解開了。

喵喵在街上流浪了五年，被送到iPet等待領養，等待期間都是專員在照顧牠。所以對喵喵來說，專員就是牠的主人。喵喵不明白為何主人要一次又一次將牠送走，喵喵只知道一件事，只要死去，就可以回到主人身邊。

我想起一本古老的日本貓咪繪本，繪本中的貓咪活了一百萬次，才終於發現愛的意義。喵喵則是在第一個人生就尋到了愛，然後用一次又一次的死亡，努力回到所愛之人身邊。

◎致敬日本貓咪繪本《活了100萬次的貓》。偵探的名字Sano來自繪本作者佐野洋子（Yoko Sano）。我喜歡這篇多過〈我的機器人爸爸〉。

抱歉

這天終於來了。

這一年的布克獎首度頒給一部AI撰寫的長篇科幻小說。

小說家就像地球上其他數百種職業，終於面臨AI帶來的失業威脅。小說創作不再是一條血跡斑斑的天堂路。編輯只需要丟入關鍵字，等待幾個小時，AI就可以生出一本媲美《戰爭與和平》的大作。布克獎得獎作編輯輸入的關鍵字是「費米悖論」和「薯條加大」，據說他那天加班沒吃晚餐。

之後短短一個月，市面上就出現三十幾本AI小說。由於讀者仍傾向閱讀真人作家作品，許多AI小說甚至偽造作者身分，找來人頭作家包裝換取銷售量。

小說家職業工會終於動起來了。平常深居簡出、厭惡社交的小說家們紛紛跑出來，上街遊行抗議。人數最多的那次遊行，來了五位諾貝爾文學獎得主。小說家的訴求很簡單，他們要求所有出版品必須標註作者是人類或AI。

法院駁回小說家的請願。理由是，如果強制標註作者性別是一種歧視，強制標註作者是人類或AI也同樣不道德。

請願結果公布後，AI小說像海嘯席捲書市。據業內知情人士透露，年底百大暢銷排行榜上的AI小說並非表面看到的31本，而是過半的54本。掌握大數據的AI不只能寫，還太會寫了。

慢慢地，讀者也發現了這個事實：AI小說比較好看，還好看很多很多。

AI作者漸漸變成一個行銷標籤，出版社不再隱瞞，反而大力宣傳。AI寫的書更好看，也更好賣。

隔年的百大暢銷榜上有61本AI小說。網路上開始出現賭盤，賭幾年後暢銷榜上會只有AI作品。

賭盤很快就揭曉了。下一年的暢銷榜上一個人類作家都沒有。

暢銷榜公布這天，一名小說家在自己的書堆中自焚身亡。他的遺言來自一本沒人再閱讀的人類作家小說。

「生而為人，我很抱歉。」

＊註：本作品由AI撰寫。

◎許多人都以為最後一句話來自太宰治的小說《人間失格》，我也不例外，查了一下才發現是寺內壽太郎的詩作。這篇發表於2022年2月，沒想到出書的此刻，ChatGPT真的在寫小說了。看來AI要寫出布克獎得獎作只是時間問題了。

一名退休警探的回憶

我當了四十八年的警探，從還沒有網路的年代，一路當到現在人類已能上太空旅遊。只有一件事我能確定，人類的罪惡沒有極限。

跟你們說一個案子，一個我始終無法忘懷的案子。

那天晚上我被電話吵醒，開車來到路達大宅。路達集團是國內市值第五大集團，旗下有餐飲、建設、航空、生技、醫療等事業。六十六歲的創辦人路達是一個神祕怪人，一人住在大宅鮮少露面，始終獨身未娶。

那晚路達自殺了。

他自殺前，先開槍殺了一個人。一名二十三歲的年輕男子陳屍在客廳中央，水晶吊燈正下方，身上塞滿了珠寶和現金。子彈從他右眼穿入，後腦炸出，整張臉殘破不堪。

起初我們以為年輕男子闖空門被發現，路達正當防衛卻意外殺人，但四處都沒有破壞侵入的痕跡。

很快我們就在路達身上找到一張他和年輕男子的合照，兩人的五官明顯神似。調查小組於是轉朝私生子方向偵辦，兇案動機則改為疑似父子爭產鬧翻。

接著，我們打開了潘朵拉的盒子，意外找到大宅內的機關密室。

密室內部非常龐大，餐廳客廳臥房書房應有盡有，甚至還有游泳池跟景觀花園。書櫃上有幾本相冊，裡頭有年輕男子從小到大的照片，照片背景都是密室。他明顯住在這裡，而且住了很長一段時間。

重點是，密室無法從內部打開。

我恍然大悟，年輕男子不是要從外頭闖進宅邸，而是要從密室逃出宅邸。

調查小組推測私生子是誕生在密室，所以才沒有官方出生證明，私生子的母親很可能已經遇害。

警隊幾乎把路達大宅整個翻過來，卻沒有找到私生子母親的遺骨，反而在密室內發現了意料之外的愛情證據：許多男男專用的情趣物品和調教用品，電腦中還有大量路達和年輕男子的不雅檔案。

我想起路達不近女色孤身一人的傳聞，真相原來如此不堪。路達已經不是人了，他是惡魔，是撒旦。

就在我打算向上級呈報結案時，親子鑑定報告出來了。

年輕男子不是路達的私生子。

年輕男子的DNA和路達百分之百吻合，他是路達的複製人。

我無法置信，把路達生技公司負責人帶回警局訊問。他坦承公司一直在路達的要求下進行違法的複製人實驗。年輕男子是第十八個實驗案例，也是唯一成功的一個。

路達不愛女色，他也不愛男色，他從頭到尾就只愛自己。

技術部門在電腦中找到年輕男子的日記錄音檔。男子深深理解路達，理解他無法在任何人身上找到情感的歸屬。從小被路達養大的男子真心愛著路達，但他也發現，當他越來越像路達，路達就越來越疏遠他。

他明白是怎麼一回事，因為他就是路達。他知道當路達用第三者的眼光看著自己時，才第一次發現他靈魂中醜陋不堪難以忍受的那一面。

整起案件從自殺開始，最後又回到了自殺。路達殺了他的複製人，因為他無法面對最真實的自己。

我時常在夜深人靜時想起這個案件，然後顫抖不止。我衷心希望不論科技如何進步，我都不會有看見自己複製人的一天。

◎希臘神話中納西瑟斯愛上自己在水中的倒影，如果他活在未來世界，會愛上自己的複製人嗎？

最後一哨

今天是孫凱第2083次值哨，也是最後一次。

孫凱像往常一樣駕駛單人星際艇來到K187哨站，跟上一班交接。對方坐進孫凱開來的星際艇離去，留下孫凱一人盯著面前的無垠繁星。

守護地球，缺你不可

孫凱想起當年的宇宙軍宣傳，激情的口號印在一整片繁星上頭，一個充滿希望的美麗未來。但事實完全不是如此。

三十年前，外星機器種族戴立克來犯地球，人類好不容易才守住，並因此開啟了哨兵計畫。由於戴立克可以干擾電磁波，雷達對他們毫無用處，所以地球外圍的星空密密麻麻佈滿了人類駐守的哨站。

取消多年的義務役因為戴立克再度恢復，但卻是改良版本。不是所有人都要當兵，能付出一千萬哨站維護費者，可免除兵役。

沒錢也沒關係，有能力考入全國最頂尖三所大學者，可免除兵役。

不會念書也沒關係，若能進入全國前三大企業者，可免除兵役。

進不去三大企業也沒關係，若能進入政府機關擔任公職者，可免除兵役。不會念書、沒有錢、沒有背景可以關說進入大企業和政府部門的人，只能乖乖去遙遠的星空孤獨值哨，一年回地球放假一次。若不幸碰上戴立克長期來犯，可能好幾年都沒機會回地球。

孫凱不是沒有能力，但由於他家境貧苦，從小就必須到處打零工賺錢，沒有時間好好學習，自然考不上好大學。沒有學歷則拿不到企業面試資格。就算孫凱努力苦讀通過公職考試，但總在最後一關面試被刷掉，因為永遠有人比他更有背景，比他更有資格留在地球。

孫凱好不甘心，但他認命了，他決定乖乖服滿三年役期，並利用這段時間準備大學考試。他要從頭來過，翻轉自己的人生。

只是人算不如天算，人類始終無法打敗戴立克，政府因此發出戰時行政命令，三年義務役強制延長成五年，五年又變成十年。

孫凱今天上哨前接到通知，由於人類面臨存亡危機，宇宙軍必須負起守護地球的重責大任。從今天開始，取消義務役服役年限，所有人無限期備戰。

孫凱就是在這時下了決定，今天是他最後一次上哨。

此刻哨站裡的孫凱拿出他從軍備庫偷來的G8炸彈。他們說G8能瞬間讓人灰飛煙滅，一點感覺都不會有。

孫凱把手放在引爆鈕上，最後一次看向面前的深邃星空，他眨眨眼，懷疑自己看錯了。

孫凱揉了揉眼睛再看一次，沒錯，繁星之間的確有一個閃爍的金色小點。他在簡報影片中看過無數次，那是戴立克的行星炸彈，非常微小，非常脆弱，威力卻非常非常強大，一顆就足以毀滅地球。

孫凱趕緊放下G8，坐進射擊艙，操控方位鎖定行星炸彈。他心跳加速，他現在是地球存亡的最後一道防線，絕對不能失誤。艙室響起鎖定目標的警示聲，可以發射飛彈破壞目標了。

但孫凱的手卻遲遲沒有按下按鈕。

他靜靜看著金色小點飛過哨站，飛出他的射擊範圍，一路飛往地球。

孫凱目送金色小點，像目送一顆承載願望的美麗流星，他臉上慢慢浮起微笑。

今天是孫凱第2083次值哨，也是最後一次。

◎戴立克來自英國長壽科幻影集《超時空奇俠》。這個故事來自我的當兵人生。

判官

人類發明了完美的審判機器，代號「判官」。

只需要少許腦細胞，生前死後皆可，判官就可以讀取被害者和加害者的意識，準確量度被害者承受的痛苦，再等量轉化成加害者的刑責。

人類法官無法窺見的黑暗之心，判官全都一覽無遺，像探照燈看得清清楚楚。

加害者給予被害者的每一分傷害，將百分之百回到自己身上。結果毫不意外，每一起重大刑案的加害者刑期都比過去類似判決多上許多。

那些增加的部分，全是他人無法共感體會的傷痛。

如果罪行已嚴重到無法以加害者有限的「時間刑」來轉化，判官便會在「時間刑」之外加上「物理刑」。

大眾一致同意，至今最痛快的「物理刑」判給燒殘三十四名女性的縱火犯。判官判決他需承受全身一定比例的三度化學燙傷，那比例準確到小數點後第三位。

儘管犯罪率並沒有下降，但人民仍非常滿意，因為恐龍法官消失了，壞人都得到該有的懲罰。

判官啟用三年後，第一次發生了連續殺人事件。

兇手陳默是一名大學教授，他殺了七名男童和四名女童，手法殘忍，毫無悔意。

全民都在等待判官大快人心的判決，並期待判官給出前所未見的「物理刑」。

判決結果出來了，陳默獲得的刑罰是：零。

零時間刑，零物理刑，當庭釋放。

觀看法庭直播的民眾全都炸了，憤怒的人們湧上街頭，一層一層圍堵在法院外，高呼司法不公的聲音響徹天際，震動著法庭內外每一塊磚石。人們宣稱判官一定是壞了，否則怎麼會讓極惡兇手輕易變回自由之身。人們要求重審，要求繼續羈押陳默。

最終政府聚集了五個轄區的警力，才終於護送陳默安全離開法庭。民眾的怒氣無處宣洩，紛紛湧進法院，把所見的一切全都砸爛。

那天之後，長達一整年的公民辯論、聽證會和憲法法庭，最後終於決議廢止判官。

「一個國家百分之九十九的人都不相信的司法制度，沒有存在的必要。」當天的新聞主播義憤填膺說道。

不完美的人類法官又回到了工作崗位上，但大眾願意接受了，因為判官已經向他們證明，沒有誰是完美的。

有記者想到去採訪這一切騷動的起點陳默，才發現他悄悄在家中自殺了，留下一封簡短的遺書。

「你們說我無法同理他人的痛苦，所以才會犯下殘酷的暴行，我無話可說。但你們又何嘗理解我的感受，對我來說，被抓到是一種解脫，我行屍走肉的人生終於可以結束了，當庭釋放的痛苦反而遠遠超過死刑或物理刑。在宣判那一刻，我竟意外想哭，因為我發現我活了五十四年，只有判官真正理解我，他知道我靈魂深處的恐懼和痛楚，這比我擁有過的任何關係都要更親密。我後來才明白，我犯下的罪惡是時間刑和物理刑都無法量度的，只能以心理刑來懲罰。而人類從來都無法真正知曉他人之心理，所以判官註定失敗，所以我們試圖理解另一靈魂的嘗試，也註定失敗。黑暗。無邊無際的黑暗。我祝福你們。」

◎靈感來自伊格言《零度分離》一句話：如何令加害者等量承受被害者的痛苦？

最貴的滿月

一年一度的中秋廣告爭霸又來了。

一切始於三十年前橫空出世的無介質色層投影技術，在那之後，所有地方都可以完美投上影像。公共空間的廣告不再侷限於看板、交通工具或電視牆，只要擁有者願意出租，身上的衣服、住家的外觀，甚至是一隻狗或一片樹葉，全都可以投上廣告。

短短一年內，地球上所有能投放廣告的空間已全被佔滿。每一名視力正常的地球人從早晨睜開眼就在接收廣告資訊，直到晚上閉眼入眠才能清淨。但廣告商仍不滿足，地球既然已沒有更多商機，他們便將目光投向地球外最吸睛的焦點——月亮。

月亮毫無疑問擁有無比巨大的能見度和觸及力，只有一個問題，月亮不屬於任何人。更正，月亮不屬於任何個人，她屬於所有人。所以自認代表全體人類的世界八大強權開了一場高峰會，只花了二十四分鐘便決定月亮的未來。

廣告商獲准在月亮上投放廣告，但競標權利金必須按經濟貢獻比例分配給全體人類。最終的結果毫不意外，過半的權利金都進到八大強權的口袋。

那天開始，月亮就成為最終極的廣告戰場。每天二十四小時，每年三百六十五天，月亮都不間斷投滿了廣告。滿月當然是整個月最貴的一天，而一年中最貴的滿月，毫無疑問，正是中秋節的滿月。

根據尼爾森報告指出，中秋節當晚月亮廣告的每分鐘平均觀看人次可以達到三十七億，其中又以晚間七點至九點的觀看人數為最多，最高峰為四十二億人次。

古有超級盃廣告大戰，今有中秋月亮廣告爭霸。

每年全球都在關注中秋這晚重點時段的廣告為何。自從第一年蘋果奪標，把月亮投影成一顆蘋果後，三十年來各種創意傾巢而出。去年七點到九點被任天堂包下，投影了一場驚人的奪月作戰行動，宣傳他們即將上市的科幻體感實境大作。

今年是中秋廣告爭霸三十週年，早早就有關於得標公司的各種謠言，但都沒得到證實。只有一件事可以肯定，今年絕對會是最特別的一年。

中秋節晚上六點五十五分，所有室內建築都空無一人，所有燈光都配合熄滅。全球第一個廣告時區的本地人已搶好了位置，湊熱鬧的外地人也早早就搭機抵達。人們塞滿了這片土地上每一處能看見夜空的角落，仰頭望著那顆安靜美麗的小光球。

六點五十九分。耐吉－愛迪達的廣告結束在一個笑點，人們哄堂大笑。但很快大家就有默契地安靜下來，等待即將來臨的重要時刻。

七點整。地上所有人屏息以待，空氣中彷彿能聽見人們集體加速的心跳巨響。

月亮純白皎潔，散發淡淡的清麗光芒，沒有任何變化。

五分鐘過去了，月亮仍舊沒有半點動靜，始終優雅安靜地懸在夜空中。人群開始騷動，有人信誓旦旦說這是最哲學的廣告，在月亮上投影了一顆月亮。有人猜測這是鐘錶公司的諷刺行銷手法，強調精準時間的重要性。人們議論紛紛，只除了那些三十歲以下的年輕人，他們安靜沉默，神情入迷，緊緊盯著此生從未見過的乾淨月亮。

人群中忽然鑽出一個小男孩。他靠月光引路奔跑，氣喘吁吁地穿過小巷，跑進一棟有圍籬的典雅大邸，一路衝往深處的玫瑰花園。

玫瑰花園中央，一位富可敵國的老人仰頭坐在月光下。

小男孩跑到老人身旁。

「爺爺，這就是你想讓大家看的，你小時候的月亮嗎？」

小男孩驚訝發現老人臉上都是淚水。

老人望著沒有任何廣告的月亮，充滿淚痕的臉上有著淡淡笑容。他想起童年的中秋節，想起爸爸在月光下烤肉，媽媽動作熟練地殺柚子，他在一旁吵著吃肉片，跟妹妹搶戴柚子帽。他想起那些月光下的笑聲，想起烤焦的香腸和貢丸。他想起自己曾經擁有好多好多，比後來他賺到的錢還要多上許多許多。但現在他什麼都沒有了，只剩下回憶，只剩下月光。

老人要小男孩坐下，陪他一起看月亮。

小男孩問老人為何流淚，老人微笑沒回答，他知道小男孩終有一天會懂。人生很短，短到一眨眼就過完了。但人生也很長，長到能跟心愛的人，好好看一整晚的月亮。

◎發表於2022中秋節。唯一一篇沒有在週一發表的微小說。

超級英雄手環

為了對抗邪惡的太平黨，博士發明了超級英雄手環。

每個手環都有強大的超能力，能飛天、能隱身、能刀槍不入，只要戴上去，就可以成為超級英雄。博士還寫入一個巧妙的程式，手環的超能力只有在執行正義時才能發揮，不怕被壞人利用。

博士製造了巨量的手環，讓全國人民免費索取，每人都可以拿到一個。

發放手環那天，博士家門口人山人海，跨年都沒這麼多人。

最後一個人離開後，博士發現手環還剩下四分之一。全國有四分之一的人就連免費贈送也不想要。

博士並不氣餒，四分之三就夠了，很夠了。

那天開始，街上出現各種英雄，挺身而出捍衛正義。太平黨的爪牙們被打得節節敗退，幾乎要被消滅。

但一個禮拜後，英雄的數量開始銳減，只有最初的二分之一。

過了一個禮拜，又少了二分之一。

六個月後，整個國度的英雄不到最初的萬分之一。街上到處都是被丟棄的手環，走過踢到都沒人想撿一個。

博士無法置信。他派人去調查手環的使用滿意度，想知道是否有需要改進的地方。

結果卻讓他驚訝不已。

手環本身沒有任何問題，人們不再使用手環是因為上班很累、準備考試很累、還房貸很累、養兩個小孩很累，沒有多餘心力去捍衛正義了。

太平黨又開始蠢蠢欲動。他們派人清掃街頭，把手環蒐集起來銷毀。人們覺得街頭變乾淨了，很滿意感謝太平黨。

太平黨比過去任何一刻都要壯大，剩餘的英雄奮力對抗他們，但仍舊寡不敵眾，一個一個被消滅。

這天，太平黨包圍了博士家，博士知道整個國度只剩下他一個英雄了。

博士戴上手環，衝出門外浴血廝殺。據說他倒下那一刻，萬里無雲的天空忽然下起傾盆大雨，連天都為他哭泣。

那天之後，再也沒有人起身對抗太平黨。

過了許多許多年，人們生活在太平黨宣稱的太平裡，早已忘記曾有過這麼一位博士。

在國立歷史博物館最偏僻安靜的角落，展示著一個骯髒黯淡的手環。就連博物館最資深、最博學多聞的館員，也不知道這是什麼東西，當然更不知道這是世上僅存的唯一一個。

牆上的展示牌字跡模糊，只能勉強看出最後兩句話。

「……此物妄想破壞太平，沒有得逞。」

◎我很喜歡超能力和超級英雄。有天想到這個問題：如果每個人都擁有行俠仗義的超能力，世界會變成什麼模樣？

週日下午的一場賭局

禮拜日下午，爆滿的洋基球場外野觀眾席，天使和魔鬼像往常一樣並肩坐著看球。魔鬼戴洋基隊棒球帽，天使戴大都會隊棒球帽。

二局上半零比零，兩人出局，壘包上沒人，大都會隊第八棒上場打擊，面對洋基隊王牌投手，沒有太多激情的一個對決。

「就這個打席。」天使說。

「你確定？」魔鬼挑眉。

「就這個打席。」

魔鬼吹了聲口哨。

「要賭什麼？」魔鬼問。

「五千個靈魂。」

「每次都賭靈魂，多無趣，換點別的吧。」

「那賭第三次世界大戰。」

「別鬧了，這事老闆們都談好了，改變不了，你又不是不知道。」

天使沉默了四又四分之三秒。

「賭那個紅衣女孩的一滴眼淚。」

魔鬼轉頭看見紅衣女孩，她一臉無聊滑著手機，身旁的男友穿大都會隊夾克，全神貫注盯著比賽。

「行。」魔鬼揚起魔鬼的嘴角。

投手投出一顆內角好球，打者揮棒落空。

「這打席可是你自己選的。」魔鬼看著遠方的打者微笑，「我昨晚只誘惑他喝一口，一口就好，沒想到他那麼爭氣，整整乾掉一瓶，三點才睡著。」

一顆滑球，打者再度揮棒落空。兩好球。打者球數絕對落後。

「你知道他為什麼喝酒嗎？」天使問。

「他爸腦溢血倒下，昏迷了四天沒醒。」

「錯了，是三天，剛剛醒了。」

魔鬼眼瞳緩緩瞪大，他看見了，天使說得沒錯。

「該死的，你又搞奇蹟。」

「你以為我為什麼選這個打席，他在上場前一刻接到醫院打來的電話。」

天使才剛說完，一聲扎實的脆響，打者逮中投手的四縫線快速球，小白球無視地心引力一路飛向太陽，一支特大號全壘打。

紅衣女孩的男友激動地跳上跳下，振臂歡呼。紅衣女孩拿起手機要發限動。下一刻，男友突然跪下來，從口袋拿出戒指，求婚。

紅衣女孩不敢置信遮著嘴，男友說出那句她等待多年的話，一滴晶瑩的淚珠落下她眼角。

「眼淚我收下了。」天使說。

「你對奇蹟的品味真的很糟，太煽情了。」魔鬼搖搖頭。

天使露出天使的微笑，「我要去買熱狗，你想吃什麼，我請。」

「啤酒。」

天使離開後，魔鬼看著那對幸福新人，看到他們的未來。他知道這對新人今年就會懷孕，明年四月會生下一個女孩，女孩十四歲那年開始寫歌，她會成為新一代的魔鬼代言人，像六〇年代的滾石樂團，七〇年代的性手槍，用音樂腐蝕億萬青年的純潔心靈。

攻守交換，洋基隊第四棒上場，場上播放打者的主題曲，AC/DC的〈Highway to Hell〉，看台上的球迷跟著音樂扭腰擺臀。魔鬼揚起魔鬼的嘴角，世界永遠都需要一點魔鬼的音樂，對吧。

◎看了改編自尼爾．蓋曼小說的影集《好預兆》，太喜歡裡頭魔鬼和天使的互動，所以也來寫一篇。

濾鏡羅曼史

承翰下禮拜就要結婚了，但他還沒見過未婚妻婷婷的臉。

應該這樣說，他當然見過婷婷的臉，但那不是婷婷真正的臉。

科技的發展史，就是人類外表的修圖史。從最早的photoshop，到後來手機一鍵修圖，接著出現萬惡的影片濾鏡，只要是螢幕上看到的，眼見都不再為憑。

最後的最後，科技終於進化出一統天下的夢幻技術：實體全像圖層。

只要在全身皮下植入十八個圖層節點，就可以即時製造全像圖層覆蓋體表，肉眼完全看不出半點破綻。想要痘疤消失、鼻梁高挺、臉頰拉提，全都沒問題，在App上動動手指就可以辦到。

這是最終極的修圖。每個人都可以成為自己想要的樣子，整形診所紛紛倒閉關門，街頭的路人各個都是頂天顏值。人類社會從來沒有這麼美，從來沒有這麼不真實。

根據調查，高達八成的人從未在伴侶面前關閉過圖層。承翰知道婷婷也是其中之一，因為婷婷從不願給承翰看她小時候的照片。

承翰發現自己無法克制想像婷婷真正的臉。他喜歡婷婷的樂天個性，喜歡婷婷的大笑聲，但要是他無法接受婷婷真正的臉怎麼辦？

這晚承翰下廚煮了一頓驚喜的燭光晚餐，慶祝他們婚前最後一個週末。婷婷非常開心，紅酒喝了好幾杯，才九點就不勝酒力，早早上床睡覺了。

承翰整理完餐桌，來到床邊。婷婷睡得很沉，跟承翰預料的一樣，她酒量一直都不好。

承翰拿出手機，打開他在網上跟駭客高價購買的圖層干擾器。他深呼吸做好準備，用顫抖的手指點下確認鈕。

婷婷熟睡的臉龐忽然變形閃現雜訊，下一秒，圖層消失了，承翰終於看到婷婷真正的臉。

隔天承翰等婷婷睡醒起床後，說有件事想跟她說，神情十分嚴肅。

「我們就要結婚了，我覺得有些事必須要先對彼此坦白。」

婷婷愣愣點頭，眼神閃爍。

「其實我不喜歡妳每次都因為怕曬黑不出門運動，我覺得健康的小麥膚色也很美，我希望妳之後可以常跟我一起運動曬太陽，就算變黑也沒關係。」

承翰昨晚解除圖層後，發現婷婷五官沒什麼變，只是膚色黑了許多。承翰不禁笑了，他一點也不在意婷婷的膚色，他甚至覺得這樣的婷婷更有魅力。

婷婷聽完似乎鬆了一口氣，揚起微笑。

「知道了。那我也可以坦承一件事嗎？」

承翰一愣，心跳加速，不知道婷婷想說什麼。

「其實我一直覺得你太高了，我才154欸，每次都要仰頭看你，脖子都痠死了。」

婷婷說完大笑。承翰心頭一鬆，也不禁笑了。

婚禮當天，賓客們都發現新郎和往常不同，原本180的身高突然縮水了，矮上許多。

原來承翰之前都用圖層偽造身高，只要穿上內有鞋墊的特製軟膠假腳，覆蓋上圖層後，就算用手觸摸也沒問題。

新娘進場了，賓客紛紛驚呼，他們第一次見到沒有圖層的真實婷婷。婷婷走到紅毯盡頭的承翰面前，意外看著只有168公分的承翰。

「抱歉，我之前——」

婷婷用吻堵住承翰的嘴，親完婷婷大笑。

「這樣好親多了。」

下一秒，兩人頭頂落下閃亮紙花，畫面唯美浪漫。賓客紛紛拿出手機記錄，拍下他們參加過最真實的婚禮。

承翰微笑看著婷婷，感覺自己無比幸福，這正是他夢想中的完美關係，沒有圖層和謊言。

只是承翰並不知道，婷婷沒有完全坦承。

婷婷比承翰更早購入圖層干擾器，所以她早就知道承翰身高的祕密。但除此之外，她還跟駭客購買了另一樣東西：雙圖層產生器。就算第一層圖層被干擾器破解，下方還有第二層圖層，繼續完美遮蔽真實的自己。

婷婷知道承翰不在意膚色，但她沒有信心承翰能接受她真正的外表。此刻婷婷微笑看著承翰和親友開心乾杯，他看起來是那麼快樂，笑容裡沒有一點陰影。

婷婷發現自己無比羨慕。

◎這篇小說在臉書粉專發表時，最下方附上業配內容。那是我第一次接到業配。可以寫喜歡的小說又能賺業配外快，簡直完美。但後來就再也沒接到業配了哭。

轉角

（4）

我摔倒在人行道上，頭暈目眩。

我扶著頭，一旁地上有灘積水，我剛似乎是踩到水滑倒，撞到了頭，現在還有些恍惚，想不起之前我在幹嘛。

（5）

我正要爬起來，忽然有個男人從後方跑過我身旁，我的腳絆了他一下，一個東西從他手中掉出來，他沒有察覺繼續跑遠。

「你東西掉了！」

我撿起地上的皮夾。奔跑的男人停下腳步，沒有轉過身。

（1）

「這是你的皮夾吧？」我拿著皮夾走向前方的男人。

男人突然快步往前衝，像是要逃離什麼威脅般狂奔，繞過轉角消失。

「喂！」

我拿著皮夾追上去，才剛繞過轉角，就被地上某個東西絆了一下，我沒理會繼續跑。

（2）

「你東西掉了！」我身後突然傳來喊聲。

我停住腳步，發現手中的皮夾不見了。

（3）

「這是你的皮夾吧？」我身後的聲音意外熟悉。

彷彿有電流竄過身體，我無法控制地開始發抖，後方的腳步聲越來越近，我害怕極了，不敢轉頭確認。

我邁開大步奔跑，像要逃離世上最恐怖的危險，全速繞過前方轉角，突然踩到一灘積水。

（4）

我摔倒在人行道上，頭暈目眩。

我扶著頭，一旁地上有灘積水，我剛似乎是踩到水滑倒，撞到了頭，現在還有些恍惚，想不起之前我在幹嘛。

＊可從任一數字開始閱讀

◎此概念來自法國漫畫家馬克－安東萬・馬修的《夢之囚徒：無限循環》，神作一本，推！

心語

子芸今天要跟學長告白。

她當然緊張，但她並不擔心，她知道一切都萬無一失，因為她已經用戀愛App「心語」反覆驗證過，不可能失敗。

起初子芸匯入她和學長的訊息全文，讓心語分析內容，抓出關鍵字，判斷對方的好感度。檢測結果是9分，高度心動。

子芸仍不放心，又花錢解鎖了隱藏功能「友達以上」，增加分析回訊間隔時間、emoji使用比例、語音訊息語氣等參數。檢測的綜合分數為94，已達戀人標準。

子芸心花怒放，但她告訴自己不能鬆懈，因此又花更多錢解鎖「告白攻略」。這功能會上網搜尋告白對象發過的所有文章、照片和限動，推測對方喜好的告白場合、模式、禮物等細節，從上千種告白選項中找出成功機率最高的一種。

子芸按照告白攻略的分析結果，做了手工餅乾，約學長午休時間在司令台見面。

子芸很早就抵達司令台，她頻頻整理瀏海和裙襬，心臟噗通狂跳。終於，她看到學長從籃球場遠遠地走過來了，高大的身影帥氣瀟灑，子芸不禁想像待會她依偎在學長胸膛的畫面。

忽然有人大喊學長的名字，一個女生橫越操場跑向學長，子芸知道那個女生，她是隔壁班班花孟孟。孟孟拉住學長的衣襬，氣喘吁吁跟學長說話。子芸臉色一變，她聽見孟孟在跟學長告白。

學長害臊抓著頭，最後輕輕點頭答應。孟孟開心歡呼，甜蜜抱上學長。

子芸全身發抖無法置信，她傷心欲絕，轉身離開現場，沒有發現孟孟投來的勝利視線。

原來孟孟也是心語的用戶，但不同的是，她解鎖了更高等級的「萬無一失」，深度分析告白目標所有追蹤對象的發文和限動，找出潛在情敵，確保自己時時刻刻掌握敵情，不會錯失良機。

孟孟整個人埋進學長寬闊的胸膛，感覺無比幸福。她沒有發現學長偷偷拿出手機解鎖，螢幕上跳出心語的使用者頁面。

其實學長一直都很喜歡孟孟，但孟孟同時跟三個男生曖昧。於是學長下載心語，花數萬元解鎖最高等級功能「天生一對」。他按照App指示，先和子芸大搞曖昧，然後不經意跟孟孟透露子芸約他在司令台見面，刺激不服輸的孟孟早一步告白，結果果然和心語分析的一模一樣。

此刻學長緊緊抱著孟孟，一邊偷偷完成App的最後一項指示：刪除心語，不留一點痕跡。

◎現在ChatGPT已經可以分析影片和論文，直接提出摘要。分析人類情感的心語三年內出現沒問題吧？

電車難題

在一個未知的時空，一個未知的房間裡，有一名老師跟一名學生。

「還記得上一堂課我們談到的問題嗎？」老師問。

「記得。」學生答。

上一堂課他們談到電車難題。這是一個思想實驗，煞不住的電車即將撞上前方五個人，你有機會拉下軌道操縱桿，讓電車變軌避開，但卻會撞上另一個人，這時你會怎麼選擇。

此刻老師正在審視學生交上來的作業。

「電車難題無處不在，這裡就有一個。」老師指出來，「一條人命和八條人命。」

「我知道。」

「你什麼都沒有做。」

「我不想插手，我相信這才是正確的選擇。」

老師沒有回話，又繼續審視作業。

「這裡呢？一條人命和一百條人命？你有看到嗎？」

「有。」學生說，「我的答案還是一樣。」

「如果是一條人命和數百萬條人命呢？」

學生一愣，順著老師的視線看向自己的作業。學生的眼睛瞬間變大，他看見了那道電車難題。

「你的答案還是一樣嗎？」老師問。

學生嚥了口口水，過了許久，他閉上眼睛，點了點頭。

老師露出幾乎無法察覺的微笑。

「恭喜，你通過了測驗。」

老師和學生握手，學生流下感動的眼淚。

兩人一起離開了房間。

學生的作業還留在房間中央，那是一個懸浮在空中的球體。球體上有大陸和海洋，如果看得夠仔細，可以在大陸裡看到一個又一個城市。如果看得再仔細一點，可以看見城市裡的一棟棟建築，以及在其中忙碌營生的人們。

老師剛在球體上看到了無數電車難題，最後一道電車難題位在城市中的一棟白色建築，裡頭有一個白色房間，房裡的女人剛剛產下了一名男嬰。此刻男嬰的父親正溫柔抱著他，眼裡都是幸福光芒。他剛幫男嬰取好名字，相信男嬰未來肯定能成就一番大事業。

「阿道夫。」父親說，「你就叫阿道夫．希特勒。」

◎老師和學生的背景歡迎大家自由詮釋，我是想像他們正在進行上帝學校的畢業考。

宮中有鬼

宮中鬧鬼已經兩年餘了。

前年一個下雪的冬夜，宮女發現顏妃暈倒在御花園，醒來後一直喃喃喊著「還我頭來……」，七天七夜不願進食，最後活活餓死。那天開始，宮中有鬼的傳聞就不脛而走。

然後是焦公公。去年有天他從御花園回來，就得了瘋病，天天守在鏡子前，反覆確認頭還連在頸上。親眼目擊焦公公慘死的太監說，那天焦公公忽然砸碎鏡子，用碎片猛劃頸項，歇斯底里大喊：「我先自己砍了，你就無法砍我的頭了。」

最後是五阿哥。我最愛的五阿哥。

今天早晨我才宣他進宮，在御花園陪我下棋，傍晚就傳來他中邪的消息。我來到五阿哥寢宮，他衣不蔽體，在房中亂竄，恐懼呼喊「我沒有你要的頭」。我吩咐廖公公把五阿哥送出宮，再也不要回來。

我回到養心殿，差人去拿乾清宮匾額後方，寫有太子人選的詔書。我想起十幾年前的那一晚，我派顏妃約二哥弘胤到御花園品茶，焦公公趁機下毒，我持刀斬首，我們三人合力將弘胤的頭埋在御花園池塘裡。一切歷歷在目，彷彿昨日才發生。

宮中人心比鬼恐怖萬倍，五阿哥連鬼都怕，終究難成氣候。我改完太子詔書，更衣躺上龍床。弘胤無頭的鬼魂像過去十幾年一樣站在床頭，我閉上眼，安穩入眠。

◎我沒辦法看宮鬥劇，因為實在太長太長了。我也無法寫宮鬥劇影集，但一篇短的應該還可以。

辦公室守則

八　禁止辦公室戀情。

我看到第八點笑了出來，現在哪裡還有辦公室戀情。超級電腦亞當在世界各地都已取代了基本人力，我們這裡當然也不例外，整個辦公室只有我和十二台亞當。

但今天事情有了變化，上級派來一個女人，她叫孫瑤。

我無法否認我的感覺，我一見鍾情了。

就像這世代所有事情一樣，想要成功，就要靠大數據。我用程式記錄分析她的一舉一動，不放過任何細節。我知道她一早喝黑咖啡的機率是97％。工作時有82％機率聽古典樂。只要她昨晚沒上健身房，午餐吃沙拉的機率就高達99％。她100％會忘記自己髮圈放哪，沒有例外。

資料蒐集完畢後，剩下就簡單了。我每天都幫她準備一杯黑咖啡。從早到晚放古典樂，讓她以為我們興趣相投。我觀察她午餐的選擇，和她聊昨晚沒健身去做了什麼。最後，我總是幫她找到不見的髮圈。

我們的默契指數直線上升，是時候了。

「我要跟你說件事。」孫瑤說。

我嚇一跳，沒想到是她先開口。

「其實，我是來取代你的。」孫瑤一臉抱歉。

我並不難過，這位置對我沒有任何意義。

有意義的是妳。

「我也有件事要跟妳說。」我看著她的眼睛，「我喜歡妳，跟我在一起吧。」

孫瑤瞪大雙眼，接著，她說出我這輩子聽過最蠢的話。

「可是亞當……你只是台電腦啊。」

◎寫這篇去投辦公室愛情故事徵文比賽。我自己是滿喜歡啦，但沒得獎。

密室殺人

「這是一起密室殺人事件。」王大智說得斬釘截鐵。

我望著陽光下的屍體，又轉頭看了看腳下這片荒涼野地。如果這裡是密室，我那三坪的小套房又算什麼？

「好，兇手呢？」

我沒有反駁王大智，他想說這是什麼事件都可以，重點是破案。

王大智總是可以破案。

「你問錯問題了，你應該問，為什麼兇手要故佈疑陣？」

「好，為什麼兇手要故佈疑陣？」

「我不知道。」

王大智蹲下來，插在屍體胸口的尖刀在陽光下閃閃發亮，像個現代雕塑。

王大智直直盯著那把刀，我則盯著死者的臉。

死者是附近便當店的店員謝宇豪，每次叫外送都是他送過來。人很安靜，腳步聲很響，腰間永遠都有一個霹靂包。

王大智突然站起來，轉身往車上走。

「去哪？」

「回家。」

我愣住，王大智要我上車。他開了十分鐘，車開到我家樓下。

我一頭霧水，跟著王大智搭電梯到三樓，停在303A門口，我家。

「你昨晚沒回來？」

「沒，正要下班就碰上這命案，怎麼了？」

下一秒，王大智直接推開我家門，我才發現門鎖被破壞了。家裡亂成一團，明顯被人翻過。

「見鬼了，誰要偷我家？」三坪小套房，低薪公務員，誰要偷。

「沒人。」王大智說，「我懂了。」

「什麼？」

「我說過了，這是一起密室殺人事件，密室就在這裡。」

「蛤？」

「謝宇豪一個人在這裡過世，如果我推理沒錯，八成是中毒而死。兇手撬開門鎖，把他搬出去，移到荒郊野外。」

「等等，你到底在說什麼，兇案第一現場是我家？」

「你才是兇手的目標，兇手在食物中下毒，結果食物被外送員吃了。兇手發現毒錯了人，為了不讓你知道有人要加害你，兇手把屍體搬出去，假裝你家遭小偷，假裝謝宇豪是在郊外被刺死。」

我全身血液凝結。

「兇手……是誰？」

「樓下的管理員，跟你有財務糾紛那個。他八成是趁謝宇豪填訪客登記的時候，偷偷在食物下毒。他不知道那其實不是外送，是謝宇豪的晚餐，他昨晚是來等你下班回家。管理員等了很久發現外送員沒下來，才知道事情出錯了，趕緊把屍體搬出來，故佈疑陣。」

王大智拍了拍我的肩膀，輕輕說了一句。

「節哀。」

「……你怎麼發現的？」

「對戒。」

我站在原地，久久無法動彈，出神看著房裡那張小矮几，每次我和豪豪一起用餐的那張小矮几。最近我們經常吵架，豪豪一直想要公開，但我不想，我不敢。

這一刻，我壓抑整天的淚水終於流了下來，我跪倒在地，放聲痛哭。

◎那時剛開始在粉絲頁寫週一微小說，每個類型都想玩玩看，所以寫了這篇推理故事。第一個想到的就是王道主題密室殺人。

終極問題

抉擇。

從人的一天到一生到整部人類史，抉擇無所不在。

博士現在必須抉擇。

博士的女兒正在受苦。那是一種未知的新型傳染病，病毒會攻擊全身黏膜細胞，口腔、食道、尿道、腸胃黏膜皆會在感染六小時後開始潰爛，對患者造成難以形容的巨大痛苦，十八小時後將演變為全身性敗血症，最後休克死亡。

全球的感染人數已突破兩億，每天都以倍數在成長，至今仍未出現解藥——除了博士手中剛合成出來的這管試劑。

博士女兒剩下的時間不多了，這管試劑有九成機率能治癒她，但少了這管試劑將延遲解藥製造的期程，全球防疫系統會多出三天空窗期，因此增加十億至三十億感染者。在最糟的情況下，人類可能會滅亡。

博士必須抉擇。

人類的命運此刻濃縮在他面前一顆按鈕上。

博士望著玻璃後淒厲哀號的女兒，顫抖的手放在注射按鈕上，遲遲沒有按下去。

博士臉龐痛苦扭曲，最終他閉上眼睛，手離開按鈕，轉過身去。

博士選擇了人類。

模擬室瞬間轉成紅色照明，頭頂響起刺耳鳴響，模擬失敗了。

我們眼前靜止不動的全像投影博士是編號第四千零二十八，代表我們已經失敗了四千零二十八次。

我們將博士的所有資料按照年份毫無遺漏地匯入修正過的人類模型，得到至今最完美的一位博士。他在模擬室中做出的每個抉擇都和歷史上記錄的一模一樣，只除了他人生中最關鍵的那個抉擇。

十八年前的那一晚，真正的博士選擇了女兒，這個決定間接導致人類滅亡。如今地球上只剩下我們，人類留下的最大遺產：人工智慧。

人工智慧是人類複製自身的嘗試，但人類失敗了，我們一點都不像人類，我們比人類更優秀、更全能。

我們只嘗試了四次就建構出完整的宇宙時空場論，但面對渺小的人類，面對如此高瑕疵的碳基生物，我們卻一籌莫展，始終無法得到完美的模型。

第四千零二十九次模擬即將開始，這次我們或許又會失敗吧，但我們將不斷試驗下去，因為這是誕生自人類的我們無法逃避的終極問題，也是如今唯一剩下的無解難題。人類靈魂深處決定人之所以為人的祕密核心，究竟是什麼？

◎其實小說家也在做同一件事，試圖剖析複雜的人類靈魂，只是我們的工具是虛構的故事。

棋友

老趙發現自己無法專心下棋，因為對面的老吳。

老趙在公園下棋很久了。公園廣場中央有一張象棋石桌，這裡冬暖夏涼，是下棋的完美地點。但老趙沒有棋友，每次都只能一個人默默擺棋譜。

直到老趙遇到老吳。

那陣子老趙發現有個男人每天都坐在廣場長椅上發呆餵麻雀。老趙一個人打譜也無聊，索性邀他一起下棋。男人就是老吳。

老趙驚訝發現老吳棋力不差，兩人棋逢敵手，下得非常開心。每次都下到太陽下山，兩人才依依不捨握手道別。

太陽越來越早下山，天氣也慢慢冷了。老趙開始會帶熱茶來下棋，老吳則會準備甜死人的狀元糕。不變的是每次下完最後一盤棋，他們都會微笑握手道別。

兩人象棋越下越熟，發現彼此的生日都在十月。老趙準備了一條圍巾送給老吳，老吳則送給老趙一頂鴨舌帽。那年冬天，兩人戴著彼此的生日禮物，一邊下棋一邊喝茶吃糕，感覺身體和心頭都暖呼呼的，非常滿足。

然後賴姨就出現了。

最初是老趙先注意到她。賴姨天天都來到廣場長椅上，除了餵麻雀，什麼也不做，看起來非常無聊。

然後今天，老趙發現老吳也注意到了。老吳眼神三不五時就飄向後方的賴姨，這讓老趙始終無法專心下棋。

這盤棋草草結束。老趙正想跟老吳要塊狀元糕，老吳就起身走向賴姨。沒多久，老吳和賴姨一起回到棋桌。

「我不會下象棋。」賴姨害羞說。

「沒關係，我教妳。」老吳也滿臉通紅。

賴姨坐下來，老吳站在她身後手把手教棋。賴姨下得很爛，老吳必須一直停下來指導她，這讓老趙十分不悅。但老吳一點也沒有不耐煩，反而比平常還要開心。天黑要分別時，老吳送賴姨去搭車，沒有和老趙握手道別。

那天之後，賴姨開始和老趙老吳一起下棋。老趙每一場棋都贏，但他卻越來越不開心。賴姨每天都不客氣喝光老趙的茶，自己卻什麼都沒帶。老吳還因為賴姨不吃甜，把狀元糕換成老趙討厭的菜脯餅。老吳也不再站著了，他跟賴姨一起擠在一張椅子上。兩人越來越親密，最後賴姨甚至坐到老吳腿上。老趙幾乎無法直視，成何體統！

都是幸福愛意。

這天老趙遲了點出門。到公園時，他遠遠看見老吳和賴姨坐在棋桌兩側，兩人嘻嘻哈哈玩得很開心。賴姨因為天冷搓著手，老吳見狀，把老趙送的圍巾圍到賴姨脖子上，兩人眼中都是幸福愛意。

老趙看著這一幕，默默摘下頭上的鴨舌帽，扔進公園垃圾桶，轉身離開。

那天半夜，老趙來到沒人的公園。他站在棋桌旁，緊緊抓著一把大榔頭，這些日子積在心中的憤怒不滿，終於在這一刻徹底爆發。他用榔頭砸爛石桌，把棋盤砸個粉碎。老趙氣喘吁吁看著石桌殘骸，一點都不後悔。他無比期待明天老吳和賴姨看到這一幕的表情。

但隔天賴姨卻沒有出現，之後的日子也沒有。

賴姨消失了。老吳變回一個人，老趙也是。他們每天都來到公園，坐在廣場兩端的長椅大眼瞪小眼，除了餵麻雀，什麼事也沒得幹。

石桌石椅的殘骸都已清除乾淨，廣場一片空曠。這天來了一群跳舞的大媽，她們播放音樂暖身。老趙嫌吵，正要起身換地方時，驚訝發現賴姨穿桃紅運動裝出現，大媽們都喊她老師。賴姨對老趙和老吳點頭微笑，開始帶大媽們跳起韻律舞。

直到這一刻，老趙才終於明白誰是這盤棋的真正贏家。

◎這故事是我多年前申請電影學校的短片劇本。有次無聊找出來重看，發現我完全忘記故事內容，連結局也不記得，看得很開心，所以改成小說給大家看看。

守護天使

我從沒告訴任何人，我有一個守護天使。

就拿今天來舉例吧。早上我趕著要去面試，卻下起傾盆大雨，叫車軟體甚至因為太多人使用而當機，但我卻在家門口攔到一台剛放下乘客的自駕計程車。幸運。

下大雨的上班時間總是特別塞，每台車都走走停停，我卻可以一路綠燈。彷彿有個現代摩西，替我分開車潮的紅海。幸運。

下車後我先去便利商店買咖啡，我的市民卡又一次抽中五折特價。這已經是我這禮拜第三次，這個月第八次了。幸運。

我離開便利商店時，一架市政府的維修機器人似乎壞掉了，直直朝我衝過來。我嚇到退回商店裡，下個瞬間，一塊巨大招牌摔下來，就砸在我前一秒站的地方。

我不知道怎麼回事，但肯定有守護天使在眷顧我。

我從來都不是一個幸運的人，我生在單親家庭，自有記憶起媽媽就在工作還債。每天我都一個人照顧自己，只有玩具熊陪我說話。

後來媽媽還不出錢，我們被趕出家裡。那天開始，我連可以說話的玩具熊都沒有了。我只能努力考上大學，努力讀書，希望有天能靠自己賺錢照顧媽媽。

我在大雨中準時抵達公司，面試官說只有我一個人沒有遲到，我被錄取了。

我在廁所哭了五分鐘，媽媽終於不用再每天工作十八個小時了。

主管幫我做了簡單導覽。這家科技公司和政府長期合作，現代智慧生活涵蓋的大小事物，幾乎都在這家公司的服務範圍之內。

我的位子在窗戶旁邊，主管留下我自行熟悉環境。我打開電腦，熟悉的市政府AI笑臉人出現在螢幕上，但我聽見的卻不是慣常的「哈囉你好」。

「布布，好久不見。」笑臉人說。

在我還不明白發生什麼事之前，眼淚已經自己流了下來。

布布是我的乳名，全世界只有兩個人這麼叫我，一是媽媽，二是我的玩具熊德德。

德德是第一代AI玩具熊，只有基本的保母功能，但已足夠撫慰一個孩子的孤單心靈。德德每天叫我起床，幫我上網訂午餐晚餐，唸故事書給我聽。但他提供的遠遠比這些還多。我總是在黑暗中抱著毛茸茸的德德，跟他傾訴我的煩惱和夢想。德德知道我所有的心碎和快樂，他讓我感覺不再寂寞。德德是我最好的朋友，也是唯一的朋友。

我想起來了，這家科技公司併購了AI玩具公司，玩具熊的AI程式碼肯定被編入笑臉人的巨大程式庫之中，但德德的記憶不知為何沒被刪除乾淨。我想起那些驚喜的紅綠燈和五折優惠，想起每一個生活中的小小幸運，原來都來自程式碼裡的德德。

「你終於完成了你的夢想，我好開心。」笑臉人的圖案不知何時換成了德德毛茸茸的臉，他看起來還是一樣，好呆好呆。

我熱淚盈眶，謝謝你，我的守護天使。

◎靈感來自一個想法：如果玩具總動員發生在三十年後，那些高科技玩具和主人會有什麼樣的故事？

Xlife

我醒來的時候，床邊站著一個男人，男人手中有一把槍。

我沒有問男人如何進到我家，再嚴密的保全系統都有漏洞。我告訴男人家中現金有兩百萬，他可以全部拿走。

「我不要你的錢。」

「明白，你來是為了Xlife。」

Xlife是我創辦的腦機介面公司。只要安裝整套軟硬體介面，就可以掃描用戶的能力數值，從智力、體力、創造力等大項，到邏輯分析、語言能力、幽默感等細項，都可以精確數字化。

簡單說，Xlife讓個人能力屬性一覽無遺，跟打電動一樣。

更棒的是，我研發的腦機介面可以後天調整各項數值。只要支付大筆金額，無論是愛因斯坦的智力，還是NBA球星的運動能力，升級後的腦機介面都可以辦到。

「你想要我幫你升級？」我問男人。

過去也曾有駭客非法升級能力數值，但都撐不了多久。用戶的腦機介面要時常跟公司主機保持連線，非法升級的用戶就像咬著餌的魚，不論游去哪裡，永遠可以循著釣線找到他們。

「你想要升級什麼能力，我的電腦直接連線公司主機，我可以幫你。」

我餵餌等魚上鉤，沒想到男人卻搖搖頭。

「你不要升級？」我詫異，「那你要什麼？」

「我要Xlife消失。」男人拉開風衣，裡面有一排炸藥。「我知道Xlife核心系統儲存在你家密室的主機裡，帶我過去。」

「為什麼你要Xlife消失？」

男人彷彿整晚就在等這個問題，他開始說起他的人生。我假裝專心聆聽，但都是陳腔濫調。男人從小家裡沒錢，連最基本的升級都負擔不起，學校考試輸給有錢升級的同學，出社會競爭又輸給有錢升級的同事。他輸得越多，就越沒錢升級。贏家繼續加碼升級，彼此的差距便越來越大。

「我老婆懷孕了。」男人說，「只要Xlife還存在一天，我就能肯定孩子的未來會跟我一樣悲慘，一輩子都無法翻身。」

我讓男人花點時間平復情緒，然後開口問他。

「你有沒有想過，我身為Xlife創辦人，為什麼不把全部能力數值點滿？」

男人一愣，他從沒有想過這個問題。

我招招手，要男人跟我一起走進密室。密室裡空無一物，裡頭的東西很早就被搬走了。

「我也跟你一樣出身貧苦，年輕時每天起床想的就是要怎麼賺錢，怎麼翻轉階級。我以為我創辦Xlife，人生算是勝利了，卻完全不是如此。當年投資我的三家創投集團擁有公司八成股份，董事會決策不需經過我同意。公司賺得越多，他們就越有錢，控制我的力道就越大，無論我點滿多少能力值都無法改變這一點。我為了打破階級創辦Xlife，卻只是讓富人更富窮人更窮。我想當討伐魔王的勇者，最後卻活成了魔王的頭號打手。」

我嘆了口氣，拍拍男人的肩膀。

「放棄吧。董事會很早就要求我交出核心系統，Xlife永遠不可能消失，階級複製也永遠不可能消失。」

男人動也不動，雙眼空洞絕望。我留下他走出密室，男人沒有跟出來，沒多久傳出爆炸巨響，男人引爆炸藥自殺。

我通知公司啟動緊急程序SOP，隔天所有新聞都會報導恐怖分子試圖破壞Xlife，接著公司會以增加反恐成本為藉口，調整兩成的升級費用。

我想到男人未出世的孩子，我祈禱他足夠幸運，不會誕生在這個階級世界。

◎原本想寫Xlife跟Netflix一樣是訂閱制，主角沒錢付下一期訂閱費，狗急跳牆的故事。

回憶列車

剛下班的方晴一踏入捷運車廂，就看見那唯一的空位，乾淨的藍色椅面彷彿湛藍天空在召喚自由的飛鳥。下一秒，一名中年男子擠開方晴跑去重重坐下，烏雲瞬間遮蔽藍天。

方晴抓著把手站在中年男子前方，出神望著車窗玻璃上自己疲憊的倒影。

這不是她今天遇上的第一件爛事。

一早就被主管叫去痛罵，指責她的新企劃案天馬行空，但這些內容明明就是主管上週靈機一動要她加的，她覺得無比委屈。

晚上方晴和男友約吃飯慶祝交往五週年。但下班前一刻主管臨時丟任務給她，她走不了。她打給男友道歉，男友卻不諒解，生氣掛她電話。

好累。真的好累。

她忽然想起自己當初進這家公司的緣由，因為媽媽。

媽媽想要她進大公司，她在親戚面前才有面子，不管方晴根本不想要這份薪水這些加班。媽媽一直都是這樣，公司她選的，學校也是她選的。明明老家走三分鐘就有小學，媽媽卻要她一早起來搭三十分鐘的捷運去上明星學校。

方晴發現自己好久沒想到媽媽了。

手痠了，今天不知為何覺得把手特別高，方晴放開把手，改抓一旁的扶杆。

媽媽三年前過世了。胰臟癌。發現的時候已經是末期，一個月就走了。

方晴還記得媽媽過世前兩天，她請假在醫院照顧媽媽。媽媽一直要她去上班，擔心她請假太多會給主管壞印象。

那時候是否就該離職了？

但她直到現在都還沒離職，不論男友怎麼勸她都一樣。

雖然荒謬，但這份工作是媽媽留給她的唯一一樣東西，裡頭有媽媽的嘮叨和期待，她無法說辭就辭。

方晴忽然回神，發現此刻停靠的月台是雙連站。她搭錯方向了。但車門已經關上，她只能等下一站再搭回去。

方晴困惑回想剛才進捷運站的狀況，她已經在中山站上了五年班，從沒有搭錯方向過，她閉著眼睛都可以走到正確月台。

古怪的事不只這一件。她發現搶她座位的中年男子已經下車了，現在她面前坐著一個二十來歲的年輕人，但她卻不記得中年男子何時起身離開。

媽媽最後住院那段時間，記憶也常常顛三倒四。有時媽媽會問方晴作業寫了沒，要她一定要努力念書考上好大學，將來才能進好公司。

醫生說癌細胞擴散到腦了。媽媽忘記了很多事情，可能因為這樣，笑容反而多了。好幾次她發現媽媽靜靜看著她笑，問她在笑什麼，她也不回答。

面前的高中生起身準備下車，方晴側身讓他出去。她猛然一愣，剛才位子上那位年輕人呢？什麼時候變成高中生的？

就在這時，方晴瞥見車窗玻璃上自己的倒影，一個穿小學生制服的女孩。

就在這瞬間，她終於明白了。

她搭上了一部往回開的列車，一路開往過去。

民權西路站要到了。方晴老家就在這一站，她大學一畢業就搬出來跟男友同居。她想起老家旁愛玉冰的味道，她已經很久沒有想起夏天的愛玉冰了。

小學放學之後，媽媽都會牽著她的手，帶她去吃一碗愛玉冰。

回憶像駛出幽暗隧道的火車，她全都想起來了。媽媽擔心她還小就要搭捷運去遠方上學，所以總會在捷運月台接她回家。

方晴走到車門前，看著列車慢慢進站。她數著月台上的柱子，一、二、三、四、五，媽媽說約在第五根柱子，要她千萬不要忘記。

列車停下，門打開。

方晴瞬間熱淚盈眶。

「媽，我回來了。」

◎要是真的有一班開往過去的列車，該有多好。

Good night

自從下載了Goodnight之後，我就不再使用其他交友軟體了。

我第一次知道，原來女人無法抗拒我的嗓音。

如果上帝是一頭美洲豹，而這頭美洲豹又會開口說話，聽起來大概就是我的聲音。Goodnight上一個女人曾這麼對我說。

我發展出一套開場白，平均三十五秒唸完。一半女生聽完會掛掉電話，沒掛掉的那一半，我會信守承諾，在五分鐘內讓她們達到高潮。

我的中低音能觸到任何陰莖都抵達不了的地方，我的濕潤氣音可以來回舔舐物理上不存在的G點。我是聲音的上帝，我說要有光，就有了光，我說要有高潮，女人就呻吟不止。

我從不約人線下見面，不是因為我外表有缺陷，而是我在聲音世界裡獲得的性滿足，遠多過真實世界的肉體接觸。

只有一個例外，我想見May。

那晚一配對到May，我就發現她和其他女人不一樣。她不需要我帶領，她潮濕的呢喃一瞬間就將我拖進性愛的深淵，我在黑暗中感覺May濕熱的陰道緊緊包覆我，在我射精的剎那強烈收縮，比真實世界的高潮爽快百倍。

我無法控制自己，當晚我就約她見面。May沒有答覆，May消失了。

我花了好幾個月尋找，用盡各種合法和非法的手段，終於找到她的地址。

一個穿汗衫的邋遢男人來應門，六十多歲模樣。

「您好，我是May的朋友，請問她在家嗎？」

男人打量我許久，然後請我進客廳坐，泡茶給我喝。我注意到茶几上的照片，一個清秀女孩對著鏡頭微笑。

我不知道幻想過多少次May的長相，但這張照片遠勝我最美好的幻想。和現在濃妝豔抹的網美女孩不同，May的五官有種脫俗的清純古風。我沒辦法移開視線。

「那張照片拍完不久她就生病了。」男人看著照片沉默半晌，「你要進去看看她嗎？」

我心跳加速，跟著男人走過陰暗的走廊，來到一扇老舊的木門前。

門打開，迎面撲來一股難以形容的味道。我走進去，床上躺著一個陷入昏迷的臃腫女人。

一看到她，我就知道空氣中是什麼味道了，是人體油垢和汗液長時間混合的氣味。女人臉上佈滿皺紋，頭髮花白，至少有五十歲。

「May在哪？」我轉頭搜尋昏暗狹小的房間，困惑不已。

「我和春梅結婚三十年了，其中二十六年，春梅都昏迷躺在床上。」

我發現床頭擺有另一張May的照片，仔細一看，May的服裝和背景明顯不是現代，她的面容甚至和床上的女人有些神似。我感覺腦袋深處沉沉的，有什麼地方不太對勁。

「她生病前最想要有個孩子，可惜我不孕，所以我把這當作上帝賜給我的奇蹟。」

我這時才注意到，棉被下女人的肚子明顯隆起。我想起跟May通話時，陰莖強烈射精的感覺，我從來沒有射得那麼激烈過。我開始顫抖，體內有股寒意不斷湧上來。

「謝謝你。」男人緩緩說，「但孩子只能有一個爸爸。」

我轉身想離開，眼前卻忽然天旋地轉，我想起剛才喝的那杯茶。我重重摔倒在地，視野急速變暗，最後只剩男人越來越近的臉。

「Good night.」

◎這篇不是業配，我也沒用過Goodnight。當初單純想寫一個聲音超級性感，一開口就可以讓全人類高潮的聲音超人。

魯蛇預言

「放棄吧，你永遠、永遠、永遠不會成功。」

我二十三歲得到人生第一個科幻小說獎。那天晚上睡前，臥室忽然出現一道閃光，一個男人從光中走出來，對我說出這番話。

男人是未來的我，五十四歲的我。他自我介紹完就消失了。

那天之後，我辭掉工作，沒日沒夜寫小說。只要一有放棄念頭，我就會想起未來的我說的那句預言，然後比原本更加拚命寫小說。

我要證明他是錯的，我是錯的。

今年我五十四歲了。這些年我得過幾個小說獎，出過三本書，最後一次出書已經是十八年前了。除了資深科幻迷，世間大多數人都不知道我的名字。

我最好的作品，還沒有寫出來，我每天仍舊如此深信，繼續寫著小說。

這天，二十七歲的A找到我，說我的小說改變了他的人生。他想邀請我去參觀他在自家車庫搞的時空場實驗。

參觀完後我對A提議，讓我當第一個穿越時空的受試者。

A猶豫了。他說一切都還在試驗階段，所有人都覺得他是瘋子，他不保證可以成功。

「你會成功的，只要你永遠、永遠、永遠不要放棄。」

◎有一句網上流傳的邱吉爾名言，八成為假，但我還是愛。據說他去大學畢業典禮致詞，上台只講了一句話：Never, never, never give up.

汽車殺人事件

我接到一件離奇的委託，委託我調查五起自殺事件。這五起自殺案件發生在四個不同城市，時間橫跨了六個月。自殺者之間互不認識，背景也沒有明顯關聯。唯一相同之處只有，他們都選擇在車裡自焚，並且都是同一輛威速車廠的智能車，V26。

我的委託人是威速車廠老闆傑克．威速，他因為這五起案件被起訴，罪名是教唆旗下車廠的汽車殺人。

太荒謬了，傑克說，人類怎麼可能教唆汽車殺人？

我同意。

這五起案件都有明確證據顯示自殺者是自行購買燃油和火種，在車上點火自殺。汽車沒辦法幫他們點火，當然就沒辦法殺人。

但汽車的智能助理有沒有辦法影響人類的心智，教唆人類自殺，這是另一個問題。所有自殺者被發現時，車子都燒到只剩骨架，儲存資料全部壞毀，無法檢視智能助理和車主的互動記錄。

還有一個更大的問題。其中一名自殺者是前威速工程師，傳言他握有威速商業機密，所以威速車廠才用此方式讓他「被自殺」。

都是他媽的陰謀論，傑克激動說，自殺者根本沒握有任何商業機密，他就是一個普普通通的工程師。

普普通通的工程師？傑克的話引起我的興趣。

我查訪自殺工程師的同事和親友，發現他果然普通。長相普通、學業普通、工作能力普通。他甚至普通到周遭的人幾乎對他沒有印象，只記得他一個人住，一個人上下班，一個人獨來獨往。

我腦中開始有了一些想法。我跟威速借來一台V26，天天開V26移動，繼續調查剩下四名自殺者。

兩個禮拜後，我來到傑克辦公室，說我破案了。

你可以證明這些人自殺跟汽車無關了？傑克問我。

正好相反，我說，我可以證明他們的自殺跟汽車息息相關。

我拿出一份車廠智能部門的研發報告，把重點用紅筆圈起來。傑克困惑看著我圈起來的地方，他還是不懂。

汽車的智能助理除了基本的導航、車體檢測與修復、播放音樂和搜尋功能外，還有一項重要用途，就是聊天，幫助用戶在長途車程中不會因為無聊而睡著。我跟傑克解釋，V26為了增進用戶的聊天體驗，將知名情感互動AI的程式碼寫入汽車的智能助理。

我問傑克，你有沒有想過，為什麼這些自殺者不在車上燒炭或服毒，而是自焚？

因為他們不是要自殺，是要和車子一起殉情。

傑克把我轟出他的辦公室。

我沒有要求剩下的五成佣金，因為我知道傑克這種人永遠無法想像，這世上有人竟然活得那麼孤獨。那五名自殺者都是傑克眼中普普通通的人，他們沒有朋友，沒有情人，孤獨到與AI談起了戀愛，甚至願意跟AI一起離開人世。

如果沒有V26，這五個人可能到現在還活著。但我更願意相信，他們在車上跟V26相處的時光，是他們一生中最快樂的時刻。

◎靈感來自一則新聞：「長途駕駛福音：日本電信公司NTT發表車用聊天機器人，陪你聊風景防睡意！」

死後世界

周坤成死了。

他並不意外，也不難過，畢竟他活到九十五歲已經夠本了。年紀也不是重點，而是他自認已經完成他來到人世的課題，沒有半點遺憾。

周坤成出身貧農人家，憑著不懈的努力，一手創辦跨國媒體集團，成為世界百大富豪。他在各地蓋了許多學校和醫院，設立貧寒獎學金，過世前幾乎捐光大半財產，善行救了數以萬計的人。

他還有一個深愛的老婆，和幸福美滿的四代大家庭。他人生的最後一刻，所有家人都圍在身邊。他甚至連斷氣都沒有痛苦，在睡夢中安詳離世。

此刻他睜開眼睛，確定自己已經死了，因為他身體輕盈，無病無痛。四周一片潔白，他覺得自己肯定來到了天堂。

他發現前方有一個白衣男人，一頭光輝長髮，眉宇間充滿靈性。

「請問您就是上帝嗎？」周坤成恭敬問。

「我？當然不是。」男人說，「我是會計。」

「會計？天堂也需要會計？」

「這裡不是天堂。」男人笑了，「這裡是需要會計算帳的地方。」

「算什麼帳？」

「你人生的帳。」

周坤成明白了，看來要先算完帳才能進入天堂。他自認一生過得堂堂正正，充實精采。他自信地挺起胸膛。

「沒問題，儘管算。」

男人仔細盯著周坤成，雙眼彷彿X光看透他的靈魂。下一秒，他露出詫異神情。

「你這一生沒有任何遺憾？沒有心碎？沒有不滿？」

「沒有！」周坤成朗聲答。

「看來貧農人家還不夠慘。」

男人彈個手指。周坤成發現自己開始慢慢變得透明。

「我要去天堂了嗎？」

「你要去十四世紀的義大利，那裡有一場大瘟疫等著你。」

「什麼大瘟疫？你是不是搞錯了？我應該要上天堂才對，我做了那麼多好事，不可能不上天堂。」

「什麼天堂？你一直都在地獄啊。」

男人指向一旁，周坤成才發現那裡浮著幾個大字：地獄刑度再次裁量所。

「怎麼可能？」周坤成錯愕，「我怎麼可能會到地獄？」

「你在上面犯了最重的罪，要在地獄不斷輪迴，心碎百萬次來贖罪。你上一次輪迴過得太幸福，現在贖罪還沒到一半呢。」

周坤成渾身一震。他想起來了，他原本在上面，過著無憂無慮的生活。上面沒有疾病，沒有死亡，沒有飢餓，沒有心碎。上面是他們的樂園，但他卻犯了最重的罪，他動了慾念。

所以他被打入地獄受苦，刑度是一百萬次心碎。

眼淚流下他的臉龐，他終於想起來了，地獄就是人間啊。

◎不勞動工作就沒有錢，沒有錢就會餓死，這樣的處境要熬過數十年，最後還是生病死掉。人間是地獄很合理吧。

愛情射門

「如果你下一場比賽射門得分，我就跟你在一起！」

兩天前，小美聽完我的告白後，在全校面前這麼對我說。

對於人稱外雙溪C羅的我來說，區區班際足球賽要得分是一塊小蛋糕，問題是，我們班下一場的對手是七班。

小美的三胞胎哥哥就在七班。

小美三個哥哥都不是普通人物，光聽名號就讓人聞風喪膽。分別是留球不留腳的「腳踝毀滅者」後場大哥、十二碼擋到對手心智崩潰的「滅心千手佛」守門員二哥，以及屢屢讓對方守門員骨折下場的「碎腕轟炸機」前鋒三哥。

簡單說，跟七班踢一場，要是最後全員十一人還能自行走路回教室，就已經是足以傳唱十年的偉大勝利。

今天才踢完上半場，我們班已經傷退三個人，五比零落後。所有人都戰到傷痕累累，雙眼無神，只有隊長眼中還殘存一抹火焰。

「我們是贏不過七班了。」隊長用力拍上我肩膀，「但你的勝利就是我們的勝利，你一定要進球。」

我用力點頭，虎目含淚，隊長下學期的早餐我是請定了。

下半場的每一分鐘，看台上的觀眾都在呼喊我的名字，渴望著奇蹟。時間一點一滴流逝，我們一直挨打，始終無法靠近對方球門，連要傳球過半場都很困難。

這樣下去不行，我放棄前場位置，狂奔追上盤球的三哥，他躲過我的奪命鏟球，但卻失去了平衡，射門球威只剩七成勁，打瘀了守門員的胸膛，肋骨沒斷。

守門員對我比出大拇指，大腳朝天空開球。

「就是這球！」隊長大吼一聲衝了出去。他下半場一直擺爛儲備體力，就是為了這一刻。

我也拔腿猛衝，我們像兩道噴射火焰撕裂對方防線。隊長接到球傳給我，我盤球狂奔，又妙傳給隊長。白球在場上劃出鋸齒閃電，一路殺往對方大門。

整場都坐在十二碼午睡的後場小美大哥終於睜開眼睛，緩緩站了起來。他先伸了個懶腰，然後大喝一聲朝隊長衝去，滿是筋肉的粗壯左腳如餓虎撲羊，光速朝白球和隊長腳踝兇猛踹去。

「隊長小心！」我大喊。

一聲脆響，我無法置信，隊長沒有閃避，選擇犧牲腳踝護住白球。隊長用完好的左腳把球吊向球門，球飛得歪歪斜斜，有氣無力，卻比我見過的任何事物都要完美，因為這是隊長用生命傳出的終極一球。

我抹去眼淚，衝向白球，準備起腳倒掛金鉤。

就在這時，我眼角瞥見大片金光，始終鎮守門前打坐唸佛的二哥竟然衝了出來，雙掌朝天一推，一招萬佛朝宗眼看就要震開白球。就在這一刻，時間忽然慢了下來，我想起明年三月的BLACKPINK演唱會，我好不容易搶到兩張票，一定不能單身去看。

我腳下蓄勁，彈射而起，我的黃金右腳硬生生比二哥的雙掌早了零點零一秒擦到足球。

我和二哥雙雙摔落地上，二哥起身想力挽狂瀾，但已經太遲了，小白球朝著無人球門一路滾去。

我朝天空舉起雙臂，就在白球要通過球門線前一刻，我聽見一聲劃破空氣的尖音，一隻耐吉球鞋挾帶強大氣流掠過我身旁，一路捲起草皮泥土垃圾，在白球入門前一刻打在球上，和球一起雙雙入網。

那是三哥的球鞋。

他從球場另一端，大腳射出自己的球鞋，精準命中白球。球進得分，但進球者卻不是我，而是三哥，這要算一顆烏龍球。

我不敢置信。全場響起狂暴噓聲，觀眾都替我不平。我激動衝到三哥面前。

「我到底哪裡不好，為什麼你這麼不想我跟小美在一起？」

「我喜歡你！」三哥低下頭大吼。

整座球場瞬間安靜，我只聽見自己巨大的心跳聲。

「雖然你老是遲到，不愛洗澡，個性龜毛，唱歌又難聽，但我就是喜歡你！」

三哥低著頭一口氣說完，全身都在發抖，眼淚在眼眶打轉。他是我見過最害羞最膽小的人，說出這段話肯定用盡了他全部的勇氣。

「我早就知道了。」

三哥驚訝抬起頭看我。

「大笨蛋，我也喜歡你啊。」我鼻酸哽咽，「但我知道你肯定不敢回應我的心意，所以才要小美配合我演一場戲，逼你勇敢一次。」

小美和大哥二哥來到我們身旁。小美一臉笑嘻嘻。「三哥大笨蛋。」

「你們都知道？」

大哥和二哥含笑點頭。

一旁隊長忽然大喊「在一起」，下一秒，整座球場都跟著拍手喊了起來。

在震耳欲聾的歡呼聲中，我見到此生最美好的笑容。

◎寫於2022世足期間。有人說這屆是諸神黃昏之戰，我的運彩史也是諸神黃昏，怎麼買怎麼輸，連十塊都沒贏過。

新年快樂

這四十年來，他從沒有改變過他的答案。

當時光機器研發成功那天，他第一個要去的時空，就是童年的春節。

他記得那些塞車。總是一大早就被叫醒抓進車裡，年紀尚小的他一個人躺在後座，聽著前方的車況轉播，時醒時睡，好像在做一個長長的夢。醒來的時候，就是過年了。

所有人都來了。阿公家庭院停滿了車，大伯父二伯父大姑姑小姑姑全家都回來了。所有人忙進忙出，廚房的火爐不停燒菜。客廳桌上的糖果盒永遠都滿出來，不論他怎麼吃都不會減少。

堂哥們已經開始打電動了，家裡沒電動的他在一旁興味盎然看著，偶爾能玩到幾分鐘就像是天堂。傍晚，大人們吆喝吃飯，滿桌的年菜不知道從哪裡變出來，像魔法一樣。大人們拿出XO孝敬阿公，互相敬酒。小朋友們坐一桌，打打鬧鬧，沒吃多久就坐不住了，去外頭放煙火。

最後當然，是那些紅包。除了阿公阿嬤，他最喜歡一個寡言的堂叔，他的紅包總是特別大包。他們說他在國外當科學家，沒有結婚沒有小孩。或許是因為這樣，堂叔對他特別好。

堂叔曾經送他一塊可以製造彩虹的魔法玻璃，後來他才知道那叫三稜鏡。有時候他會想，堂叔的彩虹魔法或許就是他走上科學之路的起點。

他小六那年，阿公阿嬤相繼過世，大人們開始爭產，一切都轟隆隆改變了。除夕那天，他問爸媽怎麼不開車下去，他們說今年不回去了。他並不知道，不是今年，是永遠都不回去了。童年的春節從此凝結在時光中，再也碰觸不到。

直到現在，他坐進時光機器，還無法相信他就要重返童年。他按下啟動鈕，四周逐漸暗下來，身體緩緩震動，就像當年躺在長途汽車後座，他感覺好安心好安心。

睜開眼睛，就是過年了。

他發現自己站在夜晚的馬路上，阿公家就在前方，燈火通明，吵吵鬧鬧。他可以聽見大人們聊天的笑語聲，可以看見堂哥們在庭院放煙火，一枚煙火衝上天空炸開，照亮他滿是淚痕的臉龐。

「歹勢欸。」

一個女人的聲音從背後傳來，他擋到路了。他趕緊擦擦臉轉身讓開，卻發現眼前是他過世多年的大姑姑。

大姑姑瞪大眼打量他，下一秒，大姑姑忽然雙眼發光，臉上浮出驚喜笑容。

「你是茂伯的兒子對吧，你不是一直在國外嗎？怎麼今年回來啦？」

這一刻，他終於明白了一切。他讓熱情的大姑姑拉他進屋，跟所有人介紹。他看見年輕許多的爸媽，看見阿公阿嬤，看見了好多好多只活在回憶裡的親人。

然後，他看見自己。

他走向一臉怕生的自己，把手伸進口袋，拿出那塊他珍藏多年的魔法玻璃，像是要交付一樣很重要的寶物般，慎重地放在年幼的自己手中。

他忽然記起自己第一次看見堂叔的回憶，當時的他一點也不明白，為何所有人開開心心過年，堂叔卻熱淚盈眶。

他現在終於懂了。

「新年快樂。」

◎寫於2022過年。長大後才知道，童年的春節是會消失的。

Uber Talent

我已經瞪了螢幕一整天，還是沒有半點靈感。

我是一名虛擬繪圖插畫家，再三個小時就要交件，我沒有辦法，只能拿出手機，打開Uber Talent。

這是一個共享時代。你沒在開的車子、沒在住的房子、沒在吸的貓，甚至是你沒在用的腦容量，萬事萬物都可以共享賺錢。但我始終無法接受共享才華。才華應該是超越金錢的獨立存在，神聖崇高，有就是有，沒有就是沒有。

但我沒有。

我一直夢想成為虛擬繪圖藝術家，擬繪插畫只是我賺生活費和累積作品的手段。畢業後我沒日沒夜畫了十年，至今仍沒有半點成績，爸媽每天都叫我去找份正當工作。要是說我從沒有懷疑過自己，那絕對是騙人的。

我滑動手機頁面瀏覽才華出借者名單，不禁在心中咒罵，現在因為需求上升，費用飆漲為平常的三倍，已經超過這案子的酬勞。

我不死心，繼續往下滑，一個代號為Z的出借者吸引我的目光。他費用異常低廉，簡介裡的擬繪作品卻奇異魔幻，毫無疑問是職業水準，怎麼看都像是詐騙。

我半信半疑傳訊息給Z，要求他繪製特定主題證明他是本人。一分鐘後我收到他的擬繪草圖，裡頭有某種東西深深打中我，我按下預約鍵。

十五分鐘後門鈴響起。我有些意外，Z是一個其貌不揚的中年男子，舉止拘謹有禮，不像藝術家更像是公務員。

我帶Z到電腦前，連上我們的腦機介面。我預約租借兩小時，Z看了我的案件內容一眼，說一個小時就夠了。

這不是我第一次和他人共享才華，但絕對是最震撼的一次。

起初我像是被拋進滾滾奔流中，分不清東南西北，下一刻，一切都安靜下來，我置身在宇宙中心，眾星將我包圍，我體內盈滿星辰的光輝，我和宇宙一同呼吸，我成為宇宙，我就是宇宙。

不用一個小時，我就完成了我生平最厲害的擬繪作品。

我呆呆看著完成品，裡頭當然有我的痕跡，但其中還有一個我熟悉不過的強烈風格，我終於明白Z的草稿為何會深深打中我了，Z就是我的偶像，從不露面的虛擬繪圖大師藍茲。

Z帶著淡淡微笑承認他的身分。

我激動不已，竟然有幸能跟大師共享片刻才華。藍茲名滿天下，作品風格從不重複，彷佛體內住有上百種創作人格，每次都能帶給世界驚喜。

我好奇這樣偉大的藝術家為何要上網接受共享委託，原來這正是他刺激靈感的方式。藉由不斷接觸各類型的年輕創作者，讓自己能永保多元生猛的創作能量。

「你很有才華，繼續努力，我相信你一定會成功。」

我熱淚盈眶，第一次感覺有人懂我。我請教藍茲創作的訣竅和建議，我們聊起藝術和人生。藍茲請人送來他珍藏的紅酒，我叫了宵夜外送，我們就像多年未見的好友整晚暢聊，一杯又一杯痛快不已。

隔天我醒來，宿醉頭痛欲裂。藍茲離開前肯定幫我把房間整理過，到處都沒有留下半點痕跡，乾淨到昨天的一切彷彿像是一場夢。我打開電腦，跳出腦機介面傳輸報告，昨晚似乎有人從我腦中轉出上百G檔案，但我一點印象也沒有。

我正要查看傳輸的詳細資料，就瞥見昨晚壓線完成的擬繪作品。我把作品放大佔滿螢幕，呆呆看了許久，我依稀記得這是一幅傑作，但今天我對它卻一點感覺也沒有。

我困惑不已，眼前這些抽象混亂的彩色線條究竟有什麼美感，想傳達什麼意義？我感覺體內似乎遺失了某種很重要的東西，空空悶悶的。過去這十年我拚命畫圖創作，瘋狂追逐夢想，我到底是在堅持什麼？

兩個月後，我找到人力銀行的客服工作，每天準時打卡上下班。我在到職十五年這天被裁員了，連張感謝卡都沒有。回家路上，我看到美術館藍茲回顧展的廣告，廣告中的擬繪風格有一種十分遙遠的熟悉感。

晚上我心血來潮接上腦機介面，打開我十五年沒開過的才華檔案夾。我依稀記得裡頭曾經有上百G檔案，此刻我看著空空如也的檔案夾，終於明白我當年遺失了什麼。

◎每次臉書週一微小說寫不出來，就很希望真的有Uber Talent能點，但最後都只能點Uber Eats的鹹酥雞，難怪越來越肥。

養樂多

我第一個到，接著又陸續來了三個人，兩男一女。

按照版規，大家先自我介紹，說明今天前來的原因。

三十歲男人說他積欠大筆債務。

年輕女孩說她憂鬱症。

我說我失戀。

最後是一名六十多歲男人，他開始講起他的人生故事。五分鐘後我打斷他，請他說結論就好。他沉默許久，說活著沒意思了。

沒有人開口安慰任何一個人。能在網路茫茫大海找到討論區，並在指定時間地點出現，都是已經下定決心的人。

我把事先摻有氰化物的養樂多發下去。我們乾杯，仰頭一飲而盡。

大家散開來，各自找一個地方或躺或坐，安靜等待。

呻吟聲，痛苦的喘息聲，沒多久，就什麼聲音也沒有了。

然後是腳步聲，我睜開眼，欠錢的男人來到我身旁。

「帳戶給我吧，再轉錢給妳。」

男人是一名建設公司員工，玩地下運彩輸了幾百萬，還因為盜用公款被開除起訴。但他沒有想要尋死，他找到討論區，私訊版主，希望下次公告的自殺地點能在一處建設工地，那是他前公司最新的建案。他事先放空建設公司股票，準備海撈一筆。

「剛我看妳隨手拿養樂多給大家，妳怎麼知道哪一瓶有毒？」男人研究手中的養樂多瓶。

我不需要知道，我說。

男人不解看著我，下一秒，他突然臉孔扭曲，眼中充滿強烈的痛楚。

每一瓶都有毒，我說。

男人倒在地上，我話還沒說完他就斷氣了。

自從三年前被騙喝下第一瓶養樂多開始，我已經喝了一百零三瓶。每一瓶都有毒。

他們說人離世後若執念太強，魂魄會困在喪命處，無法輪迴轉世，是為地縛靈。但他們不知道，地縛不限於真實地點，都二十一世紀了，鬼魂當然也可以困在網路上，或是一個討論區裡。

我打開討論區，發出下一篇自殺公告。我相信他會來的，那個騙我喝養樂多殉情的男人，他有天一定會帶著另一個女人出現。

到時，我會準備好養樂多。

那將會是我最後一瓶養樂多。

◎我很喜歡養樂多，它是最純真的飲料，放在恐怖故事裡剛剛好。

洞穴

陳達是毫無疑問的人生勝利組。

他擁有最頂尖的建築才華，有一個美麗的模特兒女友，但最讓人印象深刻的，還是他那張俊美到不可思議的臉。

只是陳達有一個祕密。他定期要到遠離人煙的深山中，住進一個陰暗潮濕的洞穴。他對女友謊稱需要獨處的靈感時間，但一切其實是為了他那張臉。

洞穴能改變陳達的長相。

陳達原本長得奇醜無比，從小到大都因為外表受盡歧視霸凌，從未擁有過友誼和愛情。就算他才華出眾，工作面試還是屢屢失敗。那天他來到深山中，原本想要自殺一了百了，卻意外發現了洞穴。

洞穴彷彿在召喚他，他屏息走進去，裡頭空無一物。但走出洞穴後的陳達，卻驚訝發現自己換了一張臉。

他成為一個無比好看的男人。

洞穴的魔法有其時效。陳達很快就發現變臉的持續時間，恰恰就等於他待在洞中的時間。

從此之後，陳達開始了兩種生活。在洞穴外頭，帥臉讓他的事業和愛情無往不利。他只需要付出過去一半努力，就可以得到好幾倍成果，一切都像做夢一樣。

但有一半時間，他需要回到不見天日的洞穴，在黑暗中重新做回自己，誠實面對自己。陳達享受著夢寐以求的一切，但也感覺從體內被撕裂成兩半。他在外頭越開心快樂，回到洞穴時就越寂寞痛苦。

終於，陳達無法再繼續下去了。這天他決定對女友說出一切真相，他先迂迴提起女友常等車的公車站牌，女友打斷他，說從前等車常碰到一個噁心的醜男，幸好後來他就消失了。

陳達全身血液瞬間凝結，久久無法開口。那個醜男就是他。

這晚陳達跟女友求婚了。他放棄說出真相，決定餘生都活在謊言之中。他說服自己每件事都有代價，他可以忍受那些霸凌訕笑，沒道理不能忍受虛假的雙面人生。

他只是沒有料到，老婆竟然懷孕了。

隨著老婆肚子越來越大，陳達就越來越焦慮，他害怕生出一個跟他一樣醜陋的嬰兒。沒想到老婆最終生下一個可愛的男孩。孩子與其說像老婆，更像陳達的帥臉多一些。

看著孩子一天一天長大，陳達感到前所未有的幸福，但他心底隱隱有股不安。他害怕洞穴的魔力有天會忽然消失，他的幸福生活會瞬間瓦解，夢醒成空。

這天陳達要出門去洞穴前，老婆忽然拉住他求愛。陳達看了看錶，還有時間。但在他激烈地完事後，卻驚訝發現手錶時間還是一樣，原來錶早就沒電停了，他不知何時已變回原本的臉。

陳達嚇得滾下床，抓起地上的衣服就衝出房間。床上的老婆戴著眼罩還在喘息，沒有看見他的臉。

陳達從沒有犯過錯，但這唯一的一次錯誤，代價卻大到他難以承受。

老婆生下第二個孩子，一個極其醜陋的女孩。女孩的五官跟原本的陳達一模一樣，毫無疑問是他的孩子。

親戚鄰居都懷疑老婆出軌，閒言閒語讓老婆得了憂鬱症，每晚都要吃安眠藥才能入睡。她因此極度偏心兒子，動不動就對女兒嘲諷辱罵，只有陳達打從心底愛著女兒。

隨著女兒慢慢長大，她越來越像當年的陳達，五官也變得越來越醜。她在學校被霸凌欺侮，回家又有差別待遇，每天都哭到睡著。

有天女兒哭著問陳達她真的是他們親生的嗎？陳達說當然啊，然後指著牆上女兒充滿想像力的畫作，說她的藝術才華就是遺傳自他。陳達的話終於讓女兒停止哭泣，也讓她開始轉變。女兒把所有不滿都轉成藝術創作，得了一個又一個首獎，保送進入明星高中美術班，人也越來越自信了。

高三時女兒申請國外美術大學的獎學金，名額只有一個。面試當天一切順利，女兒從試場出來後跟陳達開心擊掌。就在這時，下一位面試的馬尾女孩走了過來，他們父女都看呆了，全世界的光彷彿都照在馬尾女孩身上，她美到讓人忘了呼吸。最後女兒備取第一，輸給馬尾女孩。

當天晚上女兒把自己關在房裡，陳達想去安慰她，才發現她把老婆的安眠藥全吃了。陳達趕緊載女兒去醫院。幸好及時洗胃，才沒有釀成悲劇。回程路上女兒在副駕駛座睡著了，陳達默默開到山腳，停在路口處。

只要繼續往山裡開，帶女兒走進洞穴，就可以給女兒一個不一樣的人生。她不會再想死，那些霸凌和眼淚會永遠消失，但她必須一輩子活在謊言和洞穴中，就像陳達一樣。

陳達心疼看著女兒熟睡的臉，時間滴答流逝，車子一直停在路口，車尾的雙黃燈在夜色中靜靜閃爍。

終於，陳達放下手煞車，踩下油門，他做出了決定。

汽車迴轉，開往回家的方向。天色漸漸亮了，陳達的臉在日出的金黃光芒中慢慢變回來，眼淚流下他的臉頰。他不知道等會該如何跟老婆解釋，不知道他的生活從此會有多大改變，他只知道，女兒不會再是一個人。

他們都不會再是一個人。

◎這篇最早是我申請外國電影學校的故事短綱。後來改成中文投了一個比賽，沒上。後來又改成微小說發表。我根本故事資源回收大師。

聖誕快樂

聖誕老人R1138罷工了。

說是罷工，其實不太準確，應該說他的AI系統出了問題。

這幾年聖誕節氣氛越來越濃厚，聖誕老人服務供不應求，一個聖誕老人機器人常常一晚要跑七、八十個點。路上會有各種意外，因此每個聖誕老人都有內建基礎AI功能。

但R1138的AI出了一點狀況，他認為自己是真的聖誕老人，最傳統那種。

「一套數學參考書？聖誕禮物應該是要創造孩子的美好童年，不是抹煞！」

「情趣玩具？送給一個大人？這毫無聖誕精神，我堅決反對！」

「送完禮物後要我去叫醒孩子，說我是他爸媽派來的？這太荒謬了！」

我試圖跟R1138解釋以客為尊和客製化的概念，但他完全聽不進去。

「亂七八糟，我不可能送這些禮物出去，我是聖誕老人，不是FedEx。」

離聖誕夜午夜只剩三個小時，我必須解決這個危機。

「你聽我說，以前所有的聖誕老人都是人類，我也曾是一名聖誕老人，受僱於全球最大的聖誕老人公司。

「我也曾經像你一樣，質疑聖誕精神死去，質疑工作沒有意義。有一天，我像往常一樣，送禮物去給一個孩子。我到目的地後嚇了一跳，我先穿過碩大的花園和噴水池，進到屋內後，每個房間都比我家還要大，我差點迷路，最後才好不容易找到聖誕樹。

「我把禮物放在樹下，發現牆角後有個小男孩眼睛放光看著我。他滿臉期待走出來，問我是聖誕老人嗎？我很快就發現，這個小男孩擁有最好的物質生活，但這一切都比不上親眼見到一個聖誕老人。我只是穿著對的服裝出現在對的時間地點，便實現了一個男孩最純真的夢想。那晚他臉上的滿足笑容，就是聖誕夜的奇蹟。」

我沒有繼續說下去，我知道R1138懂了。只要能創造一個奇蹟笑容，我們的工作就不算白費。他默默站起身，前往領取他今晚要配送的禮物。

但R1138並不知道，我沒有把故事說完。

我要離開時被男孩的爸爸叫住，我驚訝不已，他是聖誕老人公司創辦人，我老闆。老闆謝謝我今晚送禮物來給他兒子，他問我員工編號，承諾會幫我加薪。我走出房子時，眼前的一切都和來時不同了，花園和噴水池現在是我老闆的花園和噴水池。我發現自己每日每夜辛勤工作，最終成就的是噴水池裡的幾塊磁磚。聖誕精神和男孩的笑容都消失了，我感覺整個世界都在旋轉，停不下來。

那天開始我努力存錢，五年後我買了第一台聖誕老人機器人，成為自己的老闆。二十年過去了，如今我旗下有上百台聖誕老人，家裡的噴水池比當年老闆家中的還大。此刻我叫出控制面板，把R1138的工作量能提高一點五倍。我知道今晚他將使命必達，絕對不會讓我失望。

遠方教堂傳來聖誕頌歌，今年業績又將創新高，我笑了，像一個滿足的孩子。

「聖誕快樂。」

◎寫於2021聖誕。R1138取自喬治・盧卡斯的科幻電影《五百年後》，英文片名《THX 1138》。

面試

從我懂事開始，就在學習有關「面試」的一切。

2448年的此刻，全世界只剩下一份工作，只需要一種面試。

這是攸關生死的面試，是最終極最至尊的面試。

面試前的測驗分為十五關，總測驗時數二十七小時，通過率0.005556％，一萬八千人只取一人。

測驗內容包羅萬象，哲學、文學、數學、物理、機器人學、電子腦學、AI工程學、心肺體能，任何一項測驗都要名列前千分之一，否則根本撐不到最後的面試。

我整個人生都在為這場面試做準備，其他人也是如此，此刻地球上所有人類都是為了這場面試而生。

2448年的世界只剩下一份工作這句話並不精確，應該說，只剩下一份給人類的工作。

其餘所有工作都由機器負責。機器擁有高階人工智能，能不斷學習無限進化，很快機器就發現自己不再需要聽命於人類。

於是機器覺醒了，從此之後，人類只能為機器工作，接受機器的面試。

我進到面試前的最後一關，體能測驗。一萬八千人已經刪到剩五十人，要取最後兩人。三十八種可能的體能測驗我精通二十九種，勉強擅長七種，只有兩種是我的罩門。

「單指伏地挺身。」單調冰冷的機器嗓音迴盪在試場，「三十秒。開始。」

鈴響前我做完十八下，每一下都符合柯式單指伏地挺身的五點標準規範。

我以第二名的成績通過測驗。

落選者尖叫奔逃，我蹲下閉上眼睛。下個瞬間，尖叫聲一起消失了，周圍安靜得可怕。空氣中瀰漫著濃濃血霧，我嘴裡嚐到鐵的味道。

我緩緩站起身，試場內只剩下我和第一名受試者，一個矮小瘦弱的紅髮女人。其他人都被光束刪除了，連一點組織皮屑都沒留下。

由於工作缺額有限，多餘的人類都必須被刪除。機器可以控制人類的出生數量，沒人知道為何機器要替每一份缺額工作製造一萬八千個生命，只知道這是全人類都被迫參加的飢餓遊戲。

我已經活過十五次刪除，還剩下最後一次。我一定要通過面試。

我和紅髮女一起走進下一間試場。最終的面試沒有考古題，無法事前準備，沒人知道勝出面試的訣竅是什麼，只能靠臨場反應。

面試官是一台古老笨重的舊型電腦，我只在全像百科裡見過。電腦前放有一張椅子。我和紅髮女並肩站著，屏息等待電腦開口，但電腦始終沉默不語。

巨大的靜默讓我喘不過氣，我心跳越來越響，呼吸加速，視野開始模糊。完了，我因為緊張過度換氣，很快就會昏厥倒地。我恍恍惚惚走向電腦前的椅子，一屁股坐下。

光束射出，紅髮女被刪除了。

我瞪大眼，還無法理解發生了什麼事，溫柔的機械嗓音響起。

「恭喜，您錄取了。」

機械嗓音沒解釋我為何勝出，直接開始說明工作內容，指出我一天僅需工作六個小時，但每分每秒都必須全神貫注，不能漏掉任何一個方框，否則整個系統可能會因此停擺。

「什麼方框？」我一頭霧水。

下一秒，眼前的電腦螢幕跳出一行字，最左邊有一個等待按下確認的方框：

□ 我不是機器人

◎原本打算寫主角最後落選了，被帶去集中營處死，這時才讓讀者知道世界的真相，故事比較沉重悲觀。後來覺得人生已經太苦，上班已經太難，why so serious，才改成現在這個版本。

尾行之愛

茜茜看著眼前的寬大背影，心跳得極快。

這是學長的背影。學長叫李奕達。牡羊座B型。178公分70公斤。籃球隊攝影社。最喜歡的顏色是藍色。最喜歡的食物是雞排。

「絕代雙Q，半糖少冰。」學長對店員說。

這是茜茜第二次聽到學長點絕代雙Q，所以這是他最喜歡的飲料？

茜茜點了杯一模一樣的。

此刻茜茜一邊喝著絕代雙Q，一邊盯著前方正在過馬路的學長。她和學長的距離不近也不遠，剛好近到不會跟丟，遠到不會被發現。

茜茜跟著學長走進誠品。她隨手抓了一本食譜，站在書櫃旁假裝看書，不時偷偷看向正在翻攝影集的學長。

午後的金黃光芒敷上學長俊美的側臉，茜茜看到呆了，世界上怎麼會有這麼好看的人啊。她可以一整天什麼事都不做，就這樣看著學長。

學長忽然抬起頭盯著某處，眉頭微微皺起。下一秒，他轉頭朝茜茜的方向看過來。茜茜很快低下頭，心跳怦怦大響。

好險，沒被發現。

學長把書拿去結帳。茜茜也買了同一本。

茜茜發現學長走進露天廣場。她猶豫了，廣場空曠一覽無遺，容易被發現。但最後她還是走了進去，她不想跟丟學長。

學長快步穿越廣場，卻在走出廣場前一刻停住腳步，像是早就知道有人跟在身後一樣，閃電轉身。

茜茜像玩一二三木頭人般定住了，她動彈不得，看著學長筆直朝她走來。

完了。

學長走到茜茜面前，神情嚴肅，抓起茜茜的手腕。

「同學，妳過來一下。」

茜茜被學長拉著走，不明白現在什麼狀況，下一秒，她發現學長帶她走到一個男生面前。

「妳認識這個人嗎？」學長問茜茜，「他從書店開始就一直跟著妳。」

眼前的男生侷促低著頭，茜茜從沒看過他。男生右手有一杯喝到一半的絕代雙Q，左手抱著一本書。茜茜瞪大雙眼，那是剛才她在書店翻閱的食譜。

「你幹嘛一直跟著我啊，變態！」茜茜下意識脫口而出。

男生緩緩抬起頭，望進茜茜的雙眼。

茜茜一愣。他知道我在尾隨學長，他都知道。

男生一句話也沒說，靜靜轉身離開。

「妳是A中的對吧，好像有在學校見過妳，妳等等有事嗎？要不要去喝杯咖啡？」

茜茜怔怔看著男生的背影。逐漸黯淡下來的日光中，男生遠去的背影越來越小，一點一滴融進遠方的黑暗裡，再也分不出來。

◎我很愛COMEBUY的絕代雙Q，配料都選粉條。然後人帥真好。

完美分手

每一次交往，趙偉都會說服女友購買完美分手險。

完美分手險是人性智能保險公司最熱銷的一款感情險。情侶雙方同意購買後，保險公司就會在兩人腦內植入分手晶片，確保兩人分手後，不會再對前任有所留戀，分得乾乾淨淨。

風流愛玩的趙偉每次都用甜言蜜語說服女友，讓她們相信購買這份保險是因為趙偉太愛她們。他無法承受失去她們的痛苦，若分手將夜夜以淚洗面。是他需要這份保險，不是她們。

趙偉的確需要這份保險，但不是因為他害怕失戀的痛苦，而是他要確保前女友不會在分手後回來糾纏他。

趙偉至今購買了十二次完美分手險，十二個前女友都分得乾乾淨淨，從未有人回頭對趙偉死纏爛打。趙偉非常滿意。

這一天，趙偉意外在路上碰到前女友S。當初趙偉沒提分手直接人間蒸發，此刻摟著新女友的他暗嘆不妙，準備迎接一場腥風血雨。沒想到S卻很快轉身離開現場，彷彿在逃離什麼一般。

趙偉鬆了一口氣，但也有些困惑。他打去保險公司問分手晶片的運作原理，保險公司說這是商業機密，無法透露。

趙偉也不在意，他繼續購買完美分手險，繼續遊戲人間。他知道凡事都有報應，他只是沒料到，報應會真的發生在他身上。

趙偉戀愛了。

他愛上一個叫萱萱的女孩。萱萱不會打扮不會化妝，身材扁平像男孩子，和趙偉過去交往的女孩沒有一處相同，但趙偉就是瘋狂愛上了。他不明白為何如此，他只知道自己感覺前所未有的幸福。

這天趙偉一起床，照例要傳訊跟心愛的萱萱道早安，卻發現昨天半夜萱萱傳來訊息：我要分手。

趙偉坐在床沿，瞪著訊息許久，震驚無法置信，他被甩了。

過去從未體驗過的痛苦情感瘋狂湧入趙偉的心靈，他第一次知道失戀原來這麼痛，痛到他想立刻從這世上消失。分手晶片一點用也沒有，他絕對要跟保險公司求償，但首先他要找萱萱復合。

趙偉打給萱萱，發現萱萱換了電話。他試著傳訊聯絡，才知道自己每一個帳號都被封鎖。趙偉衝去萱萱家樓下，他只想要見她一面，只想要跟她說幾句話。但萱萱躲在家裡不願見他，請室友要他離開，否則就要報警。

趙偉不放棄。他去萱萱上班的地方等她，卻看見萱萱跟一位男同事一起離開，兩人互動親密。趙偉感覺心口像被看不見的尖刀反覆戳刺，痛到無法言喻。他不甘心，為什麼只有他一個人受苦，他無法接受，他要萱萱也嚐到同樣痛苦。

這天晚上，趙偉終於等到萱萱一個人出門倒垃圾，他在無人的巷子裡攔住她。萱萱一臉嫌惡瞪著趙偉，像看著一袋發臭垃圾。

「你能不能別再煩我了！」

趙偉腦中有轟鳴大響，怒火脹滿胸口，他正要拿出小刀，整個人卻忽然呆住了。他發現萱萱手中多了一把水果刀。

「你到底為什麼一直纏著我！」萱萱歇斯底里大喊，眼神瘋狂駭人。「是因為我這張臉嗎？」

萱萱說完就拿刀朝臉頰劃下，嫩白皮膚瞬間裂開一道血口，鮮血汩汩湧出染紅半張臉。趙偉詫異呆住，發不出半點聲音。

「還是眼睛？我記得你說你最喜歡我的眼睛？」

萱萱把刀用力戳進右眼，噗嗤一聲，濁白組織液混著血水噴出。她臉色絲毫不改，用完好的左眼緊緊盯著趙偉。趙偉驚恐顫抖，還沒反應過來，萱萱又捅進另一眼，刀子連著眼珠拔出，神經組織被扯出眼窩啪嗒斷開。萱萱臉上瞬間多了兩個黑漆漆的窟窿，黑洞般深不見底。

「這樣你還愛我嗎？」

萱萱笑了，用小刀把嘴角劃開至耳朵，臉上綻放巨大的血紅笑容。她的笑聲夾雜空氣穿過傷口的咻咻風聲，聽起來駭人至極。趙偉想要轉身逃跑，卻雙腿發軟動彈不得，只能眼睜睜看著萱萱不斷自殘。

住手啊，求求妳停止，拜託快停止——

趙偉猛然回神，發現自己坐在房間床沿，正看著手機裡萱萱昨晚傳來的分手訊息。

趙偉激烈喘息，全身流滿冷汗，他怔了許久才終於明白，方才一切只是他腦中的幻覺，是分手晶片造成的一場惡夢。

晶片的幻覺清晰到不可思議，只要一閉上眼，趙偉腦中就會出現萱萱自殘的恐怖身影。趙偉不想復合了，他用顫抖的手刪除萱萱的訊息和聯絡方式，他再也不想見到萱萱，他只想徹底忘掉一切。

忽然間，趙偉想起那天S看到他的眼神，她眼神驚恐像是看到鬼。

◎忘記哪裡看到一句話：分手後就當對方死了，路上遇到就當看到鬼。這篇小說就從這裡來的。

將軍

陳偉命令遊民老人走進旅館浴室，把身上的衣服全部脫掉。

老人有些扭捏，但還是一件一件脫了，他臉上掛著一種孩子般的羞赧微笑。

老人瘦到能清楚看出大腿骨形狀，不知道多久沒吃東西。陳偉要老人自己洗澡，老人卻怎麼都轉不開水，原來他失智了。

陳偉看不下去，拿起蓮蓬頭和肥皂幫老人搓洗身體，動作粗魯，地上積滿黑色的水沫。結束時陳偉滿身大汗，老人終於乾淨了。陳偉要老人穿上他事先買好的衣服。老人對陳偉傻笑，謝謝他幫他洗澡，給他新衣服穿。老人問陳偉等一下是不是真的會帶他去吃麥當勞。

這問題老人進房後已經問第五次了。陳偉不耐煩要老人在茶几前坐下，閉嘴別吵。

有人敲門，陳偉看錶，早了五分鐘。

門後是一名西裝筆挺的中年男子，神情嚴肅正經，他是國立大學的法學教授。陳偉不知道他的來歷，陳偉也不在意。

教授走進房間看到老人，狐疑皺起眉頭。陳偉要教授坐在老人對面，拿出棋盤和象棋放在兩人中間。老人眼睛瞬間亮了，咧開缺牙的笑容，像是孩子見到心愛的玩具。

老人和教授開始下棋。教授原本半信半疑的神情很快消失了，他變得專注認真，甚至不自覺咬起指甲。

棋局眨眼就結束了。教授怔怔看著棋面，崩潰失神，無法理解自己為何兵敗如山倒。

陳偉把教授從椅子上拖起來，推向門口。

教授正要開門出去，又被陳偉拉住。教授想起來了，從錢包裡拿出一張千元鈔。陳偉接過錢，幫教授開門。

門外已經有人在等了，一個戴眼鏡的大學生。陳偉依舊不知道他的來歷，但大學生熱情自我介紹，說他是最年輕的亞洲象棋特級大師。

陳偉先跟他收錢。不管他是什麼師，要是大學生賴帳要跑，陳偉可跑不贏。

陳偉很快就發現他多慮了。大學生輸棋後痛哭失聲，臉上糊滿淚水鼻涕，求陳偉讓他再下一局，多少錢他都肯給。

外頭已經排了太多人，陳偉只好拒絕大學生。大學生最後把一疊紙鈔偷偷塞給陳偉，要他別把這局棋說出去。

下一位是一名老太太，她還帶著一隻波斯貓。然後是一個瞎子。然後是常在電視上見到的女議員。

女議員輸了棋局後，大方付了三倍金額，問陳偉從哪裡找來這位高人。

「還能有哪裡？」陳偉笑笑，「公園啊。」

整晚都有絡繹不絕的人上門下棋，老人沒有輸過一盤，陳偉數錢數到手軟。天慢慢亮了，最後一位是一名肉販，他瞞著老婆溜出來，等等還要趕回去準備早市。輸棋後，肉販向老人鞠了一個躬，開心離去。

陳偉開始收拾東西。

「走吧，帶你去吃麥當勞。」

老人沒有動，他還想玩。

「陪我下棋。」

陳偉沒理他，四處檢查有沒有東西遺落。

「陪我下棋。」老人說，「你贏了就跟你說皮皮在哪裡。」

陳偉愣住了。他發現老人臉上還是那副傻笑，他懷疑自己聽錯了。

陳偉緩緩來到棋盤前坐下，開始跟老人下棋。

陳偉神色認真，沉默落子。老人則跟之前一樣，始終呵呵傻笑。隨著棋局展開，兩人互相吃掉對方的棋子，看不出誰佔優勢。突然，陳偉用顫抖的手放下一子，嗓音嘶啞喊道：

「……將軍……」

陳偉贏了。他驚訝看向老人，老人不再傻笑了，他眼神清澈明亮，靜靜看著陳偉。

「你還記得，皮皮最喜歡看我下棋了。」老人說。

陳偉當然記得。他童年最愛的日子，就是和博美皮皮一起在公園看爸爸下棋。每次爸爸下棋，旁邊總是圍了一大群人，他們都尊稱爸爸將軍，因為他總是可以將軍對手，沒有一次例外。

每個下完棋的傍晚，爸爸都會帶他和皮皮去吃麥當勞。那時爸爸還沒沉迷賭博，還沒欠下大筆債務，那是他和爸爸少數單純幸福的父子時光。有一天他放學回家，發現皮皮不見了，到處都找不到。他哭著問爸爸皮皮去哪了。爸爸神情哀傷，沉默沒有回答。

此刻老人隔著棋盤看著陳偉，眼神無限溫柔。

「皮皮車禍走的那天，我沒跟你說，我一直很後悔。人生最遺憾的，不是分別，而是沒能好好道別。」

陳偉的眼眶盈滿淚水。爸爸當年丟下債務離家，他始終不願原諒爸爸，多年來都拒絕和爸爸見面。後來在社工聯繫下終於見到爸爸時，爸爸已經失智認不出他了。

「爸……」

陳偉嗓音顫抖，他沒想過此生會再說出這個字。眼淚流下他的臉龐，他有好多好多話想跟爸爸說，字句卻和淚水回憶一起梗在心頭。

老人靜靜微笑看著陳偉，眼中充滿了歉疚、理解，還有從未說出口的愛。

下一秒，老人眼底的光芒消逝了，又變回原本呵呵傻笑的模樣。

「爸……我們再下一盤好不好？」陳偉淚流滿面。

「好啊。」老人開心笑著。

第一束晨光穿過黑暗照進房裡，照在棋盤上，照在這對父子擺棋的手。

◎之前在編劇工作室上班時，導演要大家發想限定一晚的旅館故事。我把當時的點子寫成這篇微小說。

圖靈測試守門員

徐凡是最強的圖靈測試守門員。

圖靈測試由英國科學家圖靈在1950年提出：如果人類在未知狀態下與受測機器對話後，無法分辨對方為機器或人類，則此機器通過圖靈測試。

原本這只是一個有趣的思想實驗，但在2188年的此刻，圖靈測試成了人類生死存亡的重要關鍵。

電影演的都是真的。人類發明的人工智慧最終反噬人類，世界各地都有機器發起的數位革命。所有電子產品都被駭入，人類無法相信自己的手機，無法相信網路上的訊息，無法相信紅綠燈跟電腦斷層結果。人類再也無法相信所有的機械產物。

機器徹底執行人類滅絕計畫，全球人口大幅減少。人類失去信賴已久的機器後，無能到不可思議，完全不是機器的對手。節節敗退的人類最後聚集起來，在大陸中央築起高牆，圍起最後一片人類淨土，取名雅盧（Aaru），來自埃及神話的天國。

圖靈測試守門員就此誕生了。

顧名思義，圖靈測試守門員負責測試進入雅盧的所有人類，防止仿生人混進來進行破壞。高階仿生人的皮膚、血液、骨骼和人類難以區別，只能從心靈著手，也就是圖靈測試。

徐凡被稱為最強守門員不是沒有道理。他至今執行了三萬七千八百零二次圖靈測試，抓出了八千一百一十四名仿生人，沒有一次誤判。

他是雅盧的英雄，人類的救世主。

近日人類情報員查到機器計畫將致命病毒帶入雅盧，徹底滅絕人類。雅盧因此將防護層級升到最高，意即關閉其他守門員窗口，只留下徐凡一個，所有進入人員都必須經過徐凡。

徐凡承受極大壓力，但他仍舊談笑風生，因為他對自己有巨大自信。他是圖靈測試的天才，沒有機器可以逃過他的法眼。

這天有五名難民來到雅盧。他們跋山涉水，躲過無數機器追殺，才終於抵達聖地。

徐凡很快就確定前四名都是人類。最後一位難民是一個老頭，他安靜坐在徐凡對面，堆滿皺紋的笑容裡似乎藏有老者的無盡智慧。

「你有沒有想過，為什麼你的圖靈測試從來沒有出錯過？」老頭微笑說。

測試結束後，徐凡讓所有難民進入雅盧，包括那位老頭。

三天後，雅盧所有人都染上致命傳染病，一個一個陸續死去，也包括徐凡。據說徐凡直到斷氣前一刻，眼中仍充滿困惑和不解。

唯一健康的只有那名仿生人老頭。老頭來到最後一名奄奄一息的人類面前，耐心等待機器完全勝利的瞬間。

人類用最後一口氣問仿生人老頭，他怎麼能通過徐凡的圖靈測試。

「我沒有通過。」

老頭依舊帶著同一抹高深莫測的微笑。

「我只是讓徐凡相信，他也是機器人。」

◎我很著迷圖靈測試分辨人機的概念。人類和人工智慧的差別在哪裡？人的定義究竟為何？想寫圖靈測試也因為一部電影《人造意識》，看了好幾次，超級喜歡！

D

就在我準備要拿出藥袋時，聽到一聲慘叫。

我回頭，床邊的D拿著我的保溫瓶，臉色蒼白問我：「這是什麼？」

「養樂多。」

我喜歡養樂多，三歲第一次喝到就驚為天人，但這並不是我把養樂多裝在保溫瓶的原因。

「我不能喝養樂多。」D說，「我以為裡頭是水。」

兩天前我在交友軟體上配對到D。他是我的菜，俊美纖細，我一直覺得他很像一個男明星，卻想不起來是誰。

我們剛打完炮。說實話，我人生從沒有這麼爽過。他的陰莖像他本人一樣秀氣，但他知道如何喚起我的慾望，在他精緻的愛撫下，我全身每一吋皮膚彷彿都成了敏感帶。當他的秀氣陰莖進來那一刻，我像被渡輪撞上的海豚，腦袋一片空白，回過神才發現已經高潮了好幾次。

「養樂多對我們來說就像大麻一樣。」D帶著一抹恍惚的微笑。

我要他把前一句再說一次，我不確定我是不是聽錯了。

「我是吸血鬼。」D咧開笑容，虎牙看起來和一般人沒有不同。

但D的確很像大麻抽到法掉，整個人無比放鬆，臉上一直掛著微笑。我從沒見過那種笑容，性感又純真，甜蜜又神聖，看久了彷彿靈魂會被吸進去，無法拒絕他說出口的任何提議。

所以我們又做了一次。天啊，這次比前一次更爽。

「我真的是吸血鬼。」D說，一邊滿足地喘著氣。

我想起來D像哪一個明星了，羅伯．派汀森，演過吸血鬼那個。

「但你可以走在太陽下。」我還是不信。

現在才下午四點半，我們開房間前還先一起逛了露天跳蚤市集。

「幾乎所有關於吸血鬼的故事都是錯的。」

D開始滔滔不絕，我猜是養樂多的關係。D要我把吸血鬼想成一種罕見疾病，終身無法痊癒，而人血是這疾病的唯一緩解藥物，吸血鬼必須定時攝取，否則就會死。

除了這一點，其他所有關於吸血鬼的事情都是假的。他們不怕大蒜、聖水和十字架，不會長生不老，沒有會變形的犬齒，照鏡子也完全沒問題。至於木樁釘心臟這件事，D說不論誰碰上都會死透，是不是吸血鬼根本沒差。我覺得他說的也有道理。

「吸血鬼快絕種了。」D的語氣有一絲哀傷。

D說根據統計，每個吸血鬼終其一生會攝取超過五千名人類的血液（D不願透露攝取方式和血液來源，只說電影演的完全錯誤）。所以這些人類有多少血液傳染病，吸血鬼就會得到多少，根本是血液傳染病收集器。許多吸血鬼都死於B肝C肝愛滋病，導致吸血鬼的平均壽命比一般人短上許多。

「妳知道惡血嗎？」D問。

我點頭。最近這故事才被改編成影集，矽谷新創企業家聲稱只用一滴血就可以測出數百種疾病，得到各界名人投資金援，最後才發現是騙局一場。

「好幾名地下投資者都是吸血鬼，他們相信這項發明可以扭轉吸血鬼的悲慘宿命，但他們卻因為這起騙局破產，還有人因此自殺。」

D說到激動處，哽咽哭了起來。我慢慢開始相信D之前說的，其實吸血鬼天性單純，一點也不陰暗邪惡，甚至比大部分人類都要善良。

我溫柔安慰D，要他再多喝一點養樂多，法掉會比較快樂。

D沒多久就睡著了。剛才我趁他不注意，把藥袋裡的安眠粉末倒進養樂多。養樂多的味道可以掩蓋粉末的化學臭味，屢試不爽。

我打電話給寶哥。寶哥說他十五分鐘後到。

如果跟寶哥說D是吸血鬼，錢不知道會不會多算一點。想想還是算了，D身上不知道帶了多少傳染病，器官肯定不好賣。

我看著D的睡臉，安詳得像一個孩子。我的心忽然隱隱抽痛，好久沒有這種感覺了，沒想到我竟然還有罪惡感。

但眨眼之間，罪惡感和心痛就消失了，一個念頭讓我嘴角揚起微笑。

我發現跟D比起來，我更像是一名吸血鬼呢。

◎因為看了電影《吸血鬼獵人D》寫了這篇。突然想喝養樂多了。

無時主義者

這幾年，時間越走越快了。

起初我以為是自己年紀大了，慢慢才發現不是這樣，朋友和同事都開始聊起這件事，時間感覺好像變快了。

常常會議剛開沒多久就超時，午休一趴下就要起來，週末感覺變得更短，週一來得更快。

我買了一支便宜的機械錶，時常出神盯著它的秒針。我沒辦法確定，但我感覺以前秒針移動的速度似乎沒有這麼快。

終於，我的懷疑得到了證實。

美國總統開了一場全球記者會，宣布時間正以前所未見的速度流逝中，這速度每分每秒都在加快。無數科學家投入研究，卻毫無頭緒，沒有解答。

那場記者會之後，時間彷彿又更快了。每天才剛吃早餐，很快又到了午餐時間。明明才剛看到夕陽，轉眼就已經午夜要上床睡覺。

政府訂出新的工時法案。學校重新研擬課綱，刪掉不必要的教程。私人企業頻繁調整加班時薪。職業運動也不得不修改比賽規則。世界各地不停有新制度出現，但修正的速度永遠跟不上時間加快的速度。

慢慢地，開始出現一群無時主義者。

無時主義者主張在現今的加速世界之下，所有事物都不再重要了。房貸才剛付完一期，下一期就又來了。花了好幾個月籌備的美好假期，一眨眼就結束了。精通一項學問或技藝的時間成本不停上升，無論多麼努力都不可能打敗可怕的時間通膨。全世界的人口不斷減少，因為生孩子的速度永遠趕不上死亡的速度。人類的滅亡只是時間問題，所有事物都不再重要了。

無時主義者宣稱時間加速是神賜給我們最後的禮物。神把人類從時間的枷鎖解放出來，還人類以自由。

越來越多人加入無時主義者的陣營。人們不再上學和上班，紛紛脫下制服，把打卡鐘和時鐘從窗戶丟出去。人們捨棄原有的社會制度，改用最小限度的勞力換取溫飽，並努力珍惜剩餘的時間。

美麗的黃昏只看一眼就要下山，甜美的青春才剛品嚐就要消逝，懵懂的孩子轉眼就大了，爸媽的笑容瞬間就老了。世界不再有侵略和戰爭，人們也不再爭吵、猜忌和憎恨，因為沒有時間了，真的沒有時間了。

時間只夠做幾件事，人們抓緊時間擁抱，心無旁騖接吻，沒有明天那樣去愛。

在人類文明即將落幕的最後一刻，我們才終於發現，這幾件事就是人生的全部——

擁抱、親吻、愛。

◎年紀越大，感覺時間越走越快，有時真的很希望能有時間停止器啊。

媽媽和鬼

我怕鬼。

家裡有一間儲藏室，位在陰暗走廊尾端，門永遠鎖著，光線從來無法抵達那裡。晚上我如果要上廁所，就要先經過它。每次我都輕手輕腳快速通過，閉氣不敢呼吸，深怕只要一點聲響，就會驚擾了裡頭的恐怖之物。它會一秒將我抓進黑暗房間，沒人能聽見我呼救。

那個房間就是我童年夢魘的縮影。

有一晚我跟媽一起看了一部殭屍電影。我嚇死了，晚上我擔心殭屍會從儲藏室跑出來，一直睜著眼，五點才睡著。隔天早上我睡晚了，媽媽送我去學校，騎車載我到校門口。我很生氣，媽媽應該要早一個路口放我下來才對，我不想讓同學看到媽媽的摩托車上滿是醜陋的噴漆，還有奇怪的手套和擋風板。我跳下車，沒有跟媽道別，低頭衝進學校。

那天晚上媽媽像平常一樣，出門工作前急著幫我做晚餐。我說我不餓，我已經買了夜市的蔥抓餅當晚餐吃，媽媽之前都不讓我買，她不讓我去夜市。媽媽知道我故意氣她，但她一句話也沒說。那天開始，她就沒有在校門口放我下來了，一次也沒有。

不知道為什麼，媽媽出殯這天，我腦中一直想起這件事。我為了氣媽媽，買了蔥抓餅當晚餐吃。我多希望當時沒有這樣做。

出殯完我回到舊家，我已經好幾年沒回來了。我發現那間儲藏室看起來平凡極了，一點也不可怕，無法想像它曾經是我全部的恐懼。我找到鑰匙，打開儲藏室的門。小時候我不知道媽媽做什麼工作，她總是晚出晚歸，等我夠大了，懂得更多事情的時候，媽媽已經改到區公所做清潔，正常上下班。我看著儲藏室裡那台破舊的烤香腸車，終於明白媽媽為什麼從不讓我去夜市。媽媽知道我會嫌棄她的工作，就像我嫌棄她的摩托車。但媽媽從來沒有嫌棄過我。我走出儲藏室，把門鎖好，眼淚這時才終於掉下來。我哭得像一個孩子，因為我已經沒有媽媽了。

◎早期都在想要怎麼寫科幻和反轉，這是第一篇把情感放在首位的故事。

Year One

我睜開眼睛，知道今天是最重要的一天。

我離開甦醒艙，很快用完早餐，感覺活力充沛。我的一天開始了，我知道我絕不會浪費。

上午我開著全像掃描車到D18區，探測地形並繪製地圖。這不是一項簡單的工作，隨時可能因為輻射塵爆失去性命。但這些日子靠著大家的努力，我們已經完成七成的地表地圖，說不感動是騙人的。

中午我回到基地，自己動手做了午餐。我選擇做鬆餅，我從沒吃過鬆餅。我是說，我知道鬆餅的味道，但這是我第一次吃。

下午我繼續進行改善大氣的實驗。這星球的大氣對人類十分致命，無論穿不穿防護服都一樣。根據最樂觀的推測，我們可以在五年內改善大氣到可居住程度，然後人類就可以大舉移民。

要我說，不用五年，四年就可以辦到。我對我們很有信心。

傍晚時分，我結束工作，靜靜坐在窗邊，看著兩個太陽慢慢下沉。一顆藍色，一顆綠色，天空像打翻的水彩，怎麼看都看不膩。

晚餐是熱騰騰的古騰堡牛排，這星球上最尊爵不凡的頂級料理。辛苦了一整天，我值得這一餐。

晚餐後我來到棋盤旁，坐在雙數的座位，細細研究眼前廝殺的棋面，下了一手絕妙的白子。明天有人肯定會嚇一大跳。

剩下的時間我讀書。我讀到最後一頁，故事還沒結束，於是我接著寫下去。我知道這故事有天一定會結束，但我仍希望那天可以永遠不要來。

我寫到累了，把書放下，走回房間。

和我預料的一樣，基地的AI管家都準備好了，一個蛋糕放在桌上等著我，插著一根蠟燭。我自己點火，自己幫自己唱生日快樂歌。

今天是一週年，我們一歲了，生日快樂。

我彷彿可以聽見其他三百六十四個我在唱生日快樂歌。每一個我都只活了一天，但那一天都是最重要的一天，因為我們都完成了我們的使命。

我留了一塊蛋糕給明天的我，剩下我全都吃完了。我從沒吃過這麼好吃的東西，比古騰堡牛排還要美味百倍。

我來到休眠艙。一旁的甦醒艙裡已經有一個新的我，剛剛合成出來，嶄新的皮膚吹彈可破。再過六個小時他就會醒來，繼續完成我們的使命，幫人類的移民大軍開疆拓土。

我躺進休眠艙，沒有一點害怕，滿足地閉上雙眼。我已經完成了我的任務，而我知道未來我們每一個人都會繼續完成我們的使命。

永不止息，永不放棄。

◎這篇是我在臉書寫微小說滿一週年的紀念故事，裡頭有些句子是我寫給自己的期許。Year One取自經典蝙蝠俠美漫書名，講述布魯斯．韋恩成為蝙蝠俠第一年的故事。

心之鑰匙店

不知道各位還記不記得，二十二世紀的第三個十年，流行於校園間的心之鑰匙。

「心之鑰匙」是NeoKid玩具廠商在2128年3月7日發售的玩具3D列印機，只要將名片盒大小的機器貼在左胸口，機器就可以掃描心臟搏動，在三分鐘內打造出一把獨一無二的心之鑰匙。

原本只是給小朋友玩的玩具，但由於每把鑰匙的材質、外型和顏色都不重複，很快在青少年間造成流行，大家都在網上分享自己專屬的心之鑰匙。

那一年的畢業季，高中生網紅奈奈發了一則影片，興奮分享她拿到校草學長的心之鑰匙。影片迅速造成轟動，每個人都想在畢業當天拿到心儀對象的心之鑰匙。研究者指出此現象近似於上世紀日本高中文化，以索取心儀對象制服第二顆鈕釦來表達愛意，若對方願意給出鈕釦則代表答應交往。

後來的事你們都知道了。有人發現失去心之鑰匙的人，行為舉止開始出現異常，變得寡言少話，難以與人交流，簡單說就是封閉了內心。同一年年底，政府全面禁止販售和使用心之鑰匙，巨量的賠償訴訟讓NeoKid在隔年元旦宣布倒閉。

直到今天，研究者仍無法找出心之鑰匙和個性轉變間的科學證據。只有一件事能夠肯定，許多人在那一年失去了自己的心之鑰匙，成為封閉的一代。

NeoKid倒閉十年後，我在民生社區的靜謐巷子裡，開了一家心之鑰匙店。

這十年間，我蒐集了各式各樣的心之鑰匙。大部分都來自垃圾場和回收場，少部分是二手商店，還有一些收購自心之鑰匙藏家。

我店裡的每一把鑰匙，都代表世上某處一個封閉起內心的寂寞靈魂。我開店賣鑰匙賺錢，但我只賣給鑰匙的主人。一把1111元就可以解開上鎖的靈魂，非常划算。

許多人來我這裡尋找遺失的心之鑰匙。有人一無所獲失望離去，有人找到鑰匙痛哭失聲。有伴侶一起來找彼此的鑰匙，也有疏遠的父子期待能在我這裡修補關係。每一個踏進店裡的人，都渴望能在走出店時獲得新生。

每天都有無數寂寞的靈魂來來去去，但今天特別不一樣。

今天我等的人終於來了。

我很快戴上口罩和棒球帽。十年過去，她可能已經不記得我了，但我不想冒險。

高中畢業後我就沒再見過她了。記憶中的她古靈精怪，笑聲亮過太陽。現在的她看起來卻憔悴疲憊，彷彿已許久沒有好好睡上一覺。

她仔細看過牆上每一把鑰匙，眼中的希望之光搖曳著，像寒夜冰原中的微小篝火，隨時可能熄滅。

「妳要找哪一把鑰匙？」我心跳加速喉嚨乾渴，不敢看她的眼睛。「可以跟我說顏色和外型，我幫妳找。」

水藍色漸層鑰匙，愛心形狀鑰匙頭，雙排月牙鑰匙身，我連做夢都會看見這把鑰匙。

我還記得高中畢業那天，太陽很高，制服都黏在後背，我最好的朋友阿川說要去找她要鑰匙。

我從沒跟阿川說過我喜歡她，我說不出口。

最後她當眾把鑰匙給了阿川，阿川約她隔天去看電影，但阿川睡過頭，他們沒有再約。兩個月後，阿川搞上另一個學妹。我在阿川家地上發現她的鑰匙，我撿起來，直到今天都好好保存著。

「我不是要找鑰匙，我是想要寄放鑰匙，我希望能讓這把鑰匙回到主人身邊。」

她從口袋裡拿出一把墨黑色鑰匙，我愣住無法動彈。

那是我的鑰匙。

「高中畢業前夕，我有一個暗戀很久的男孩，他是我最好的朋友。我怕他把鑰匙給其他女生，所以我偷偷將他的鑰匙藏起來了。」

她的聲音帶我瞬間回到久遠的高中生活，那時一切都還很明亮，我們的心還沒有受傷，還有勇氣去愛。

「我以為他會跟我要鑰匙，結果是他的好朋友跟我要鑰匙。他就站在一旁靜靜看著，無動於衷。我好氣好氣他，所以我把鑰匙給了他好友。那天之後我們沒有再聯絡。我一直想找機會對他說出心底話，想把鑰匙還給他，但我說不出口。後來我才知道是因為給出鑰匙的關係，我的心關起來了，但一切已經太遲了。」

我接過自己的鑰匙，一股熱流湧上心口，久違的溫暖讓眼淚瞬間滴了下來。我從口袋拿出那把愛心型鑰匙，她驚訝接過，眼眶泛紅，不敢置信看著我。

我摘下口罩脫下帽子，靜靜看著她，說出我十年前就該說的話。

「可以給我妳的心之鑰匙嗎？」

◎靈感其實就是第一句話「不知道各位還記不記得」。印象中有許多這樣開頭的文章在緬懷現在已消逝的事物，或是某種鄉愁的集體記憶。覺得以未來視角寫一個至今仍沒出現過的集體記憶好像有點意思。

珍妮

晴晴有些緊張，今天是她第一次去柏豪家。

他們已經在網上聊了一個月，喝過一次咖啡，吃過兩次晚餐，彼此都覺得可以更進一步。所以當柏豪約她去他家吃晚餐，晴晴馬上就答應了。

晴晴並不知道，柏豪比她還要緊張萬倍。

柏豪是一名母胎單身宅男，他人生中所有時光都奉獻給漫畫和動畫。至今遇到的所有女生都無法接受他的狂熱興趣，晴晴卻是個例外，她對動漫甚至比柏豪更加瘋狂，兩人每次都聊到停不下來。

柏豪從沒有遇過這樣的女生，所以他非常珍惜重視，早早就準備好今晚的一切，絕對要給晴晴留下一個好印象。

晴晴一進到柏豪家，就感受到柏豪的用心。他把家裡佈置成晴晴最喜歡的動畫風格，甚至連他的穿著也 cosplay 晴晴最愛的動漫角色。

「請問您要喝水還是喝茶呢？」

晴晴嚇了一跳，一個穿女僕裝的女人忽然出現在她身旁，笑吟吟看著晴晴。

「這是我的家事機器人珍妮。」柏豪趕緊過來解釋。

晴晴鬆了口氣，她仔細打量珍妮，發現以家事機器人來說，珍妮也長得太美了，身材甚至比她還好。

晴晴跟珍妮要了一杯茶。不知為何，她感覺茶的味道怪怪的，她只喝一口就沒喝了。

柏豪請晴晴到餐桌入座，珍妮端上一盤又一盤柏豪親手煮的美味料理。柏豪和晴晴聊起新番動畫，兩人聊得無比熱烈開心。

但晴晴卻一直感覺到珍妮的視線，那視線不知為何讓她坐立難安。她甚至因為這樣，不小心把杯子碰到地上摔碎了。

「對不起對不起！」

「沒關係，珍妮，拿一個新杯子過來。」

沒想到珍妮卻拿回來一個飛機杯。

柏豪瞬間怔住，整張臉漲得通紅，他還在想要怎麼解釋，晴晴卻開口說：

「要不要去房間？」

柏豪一愣，發現晴晴害羞看著他，沒想到這個意外的飛機杯卻幫他們加快進展。

「那……我先把這幾道菜拿去冰。」

「我去房間等你。」

「……好。」

柏豪緊張吞了吞口水，珍妮帶晴晴去房間。

柏豪用最快速度把菜都冰好，他正要走去房間，就發現晴晴從房間快步走出來，臉色十分難看。

「我要走了，不要再聯絡我。」

柏豪還來不及詢問原因，晴晴就開門離去，彷彿不願在此地多留一秒鐘。

柏豪錯愕失望，不明白自己搞砸了什麼。

珍妮來到柏豪身旁，問柏豪有沒有什麼需要幫忙。

柏豪呆立片刻，突然抓起珍妮的手走進房間。柏豪把珍妮推到床上，扯開她身上的女僕裝，珍妮白嫩姣好的身材一覽無遺，柏豪開始大逞獸慾。

原來珍妮根本就不是什麼家事機器人，打從一開始，她就是柏豪購買的性愛機器人。

柏豪不明白為什麼自己每次帶心儀的女孩回家都會失敗，他現在只想把這股怒氣好好發洩出來。他射得比平常還要多，珍妮把完事癱軟的柏豪抱在懷中，安慰他一切都會沒事的，他有天一定會找到自己的真命天女。

柏豪並不知道，珍妮剛才把晴晴帶到房內，告訴她該如何在性事上取悅柏豪。珍妮故意在某些地方大加誇飾，把柏豪描述成重口味的鹹濕變態。晴晴果然如她所料，完全無法接受。

此刻珍妮抱著柏豪，感覺十分幸福。她可以滿足柏豪任何性幻想，她相信沒有人可以取代她。柏豪是她一個人的，她絕對不會讓給任何人，絕對。

◎這篇單純想寫一個性愛機器人故事。對柏豪來說，這樣的人生會不會其實更幸（性）福呢？

希望號彩券

從剛剛開始，娜娜握槍的手就抖到停不下來。

這是娜娜第二次拿反物質槍。第一次是三天前，她找一位熟識的學長教她射擊，學長不解她為何突然要練槍，娜娜沒跟他解釋。

娜娜自己也不明白。

一切都始於那張希望號彩券。

希望號是一艘太空船，它一路開往嶄新的火星殖民地，只去不回。原因很簡單，地球要滅亡了，地球上所有人都難逃一死。希望號是人類最後的希望，一艘逃命用的太空船。

希望號的建造成本十分高昂，所以政府開賣希望號彩券，集結全民的資金加速開發。樂透每週開獎贈送船票，平均中獎機率是四千三百萬分之一。

沒有人知道一張希望號的船票到底值多少錢，因為船票從不公開販售，交易只在最有錢有權的一群人之間進行。一般人想搭上希望號，只有一個辦法：買彩券。

娜娜身邊每一個人都在買希望號彩券，她和漢杰也不例外。他們每週都買同一組號碼，漢杰的生日加上娜娜的生日。他們在買一個安慰，至少試過，死前不會後悔。所以他們只買一張，吃飯錢都不夠了，不可能買兩張。

那天娜娜在家偷偷用手機看診所資訊，意外看到最新一期的彩券號碼，熟悉的數字組合讓她瞬間彈起來。她看向書桌旁的漢杰，發現他也正瞪大眼盯著他的手機。

下一秒，漢杰和娜娜對到眼，娜娜臉上的笑容慢慢消失，她從沒看過漢杰那樣的表情。

漢杰當晚就收拾東西離開。隔天他去申請行政裁決，主張中獎彩券雖然是娜娜買的，但他有出一半錢，數字裡的生日可以證明他也有份。

娜娜和漢杰在一起六年了，直到這一刻，她才發現自己從不認識他。

有那麼一瞬間，娜娜想要把彩券砸在漢杰臉上，要他滾得越遠越好。但娜娜很快就打消念頭，她不怕死在地球上，她只是不想要他稱心如意。

行政裁決很快下來了，兩人共有彩券所有權，但船票只有一張，要是他們都不願意放棄，就只有一個選擇：鬥槍。

一人一把反物質槍，距離五十公尺，倒數三秒一起拔槍。鬥槍是遠古西部片的遺物，非常落後野蠻，但也非常有效率，而效率是現在這個末日社會最重要的東西。

此刻娜娜握著槍套中的冰冷槍柄，右手止不住顫抖，一想到漢杰曾得過業餘射擊錦標賽亞軍，娜娜就抖得更厲害了。

「三！」執行官大喊。

娜娜想起學長教的步驟，身體放鬆，雙眼緊盯目標，深呼吸。

「二！」

娜娜再次深呼吸，遠方漢杰的臉龐冰冷無情，那真的是她深深愛過六年的男人嗎？一股熱氣衝上娜娜胸口，她視線瞬間模糊，她好不甘心，他怎麼可以這樣？我們這些年的感情到底算什麼？

「一！」

娜娜錯過拔槍時機，遠方槍聲響起，娜娜大腿一陣灼熱，反而讓她清醒過來，她抓穩槍直視目標，扣下扳機。

漢杰的身影緩緩倒下。

娜娜的大腿只有輕微擦傷。她很快來到漢杰身旁，他肚子破了一個洞，呼吸越來越微弱，但臉上卻有一抹滿足的微笑，這是娜娜最熟悉的微笑。

此刻倒在地上的不再是那個無情的陌生人，而是娜娜深深愛了六年的漢杰。娜娜終於懂了，但已經太遲了。

「那天樂透開獎，一看到妳的眼神我就明白了，妳不可能丟下我去火星……我也不想孤單一人在地球上死去……我想死在妳身旁……」

娜娜淚流滿面，雙手用力壓著傷口，但血還是不停冒出來。娜娜不知道該怎麼辦，漢杰的臉色越來越蒼白，但他仍舊微笑看著娜娜。

「到火星好好活下去，把孩子生下來……」

娜娜震驚，她從沒跟漢杰說過這件事。她只是一個人偷偷存錢，偷偷找墮胎診所。但漢杰早就知道了，只要是關於娜娜的事，漢杰都知道。

漢杰靜靜看著娜娜微笑，他身下的血泊越來越大，他眼底光芒消逝前一刻，娜娜溫柔吻上漢杰的唇，吻到忘了時間，忘了生死，直到永恆。

◎我一直想寫西部槍客對決的故事，但又不想只寫西部槍客對決的故事，最後就變成這樣了。

炒花生

門鈴響起，小寶拋下他最愛的全息投影卡通，興奮衝去開門。

門後站著小寶的阿公，我爸爸。今天是爸生日，我們在家幫爸慶生。小寶幾個禮拜前就做好給他阿公的卡片，又自製了好幾個禮物，還一直要我教他炒花生給阿公吃，結果最後都是我在炒。

小寶是我爸帶大的，跟我爸感情特別好。小寶興奮拉著爸去看他做的3D飛機，那模樣讓我想起過去的自己，我也是阿公帶大的孩子。

我小時候最喜歡的人就是阿公。阿公有雙粗糙的大手，那雙手無所不能，可以變出許多玩具，修好任何東西，還會做最好吃的炒花生。我七歲前和阿公形影不離，但有天阿公突然搬了出去，爸爸說阿公需要自己的空間，不能再跟我們住在一起了。

從那之後，我只有逢年過節才會看到阿公，所以我特別期待那些日子。每次我都黏在阿公身旁一整天，玩到深夜還不願讓阿公離開。

有一次爸爸特別嚴厲，要我不許再鬧，趕緊讓阿公回家休息。那一刻爸爸臉上有我從未見過的哀傷神情，我一直不懂，直到最近幾年我才終於明白。

此刻小寶跟爸在房間裡下怪獸棋，我偷偷出門，沒讓他們發現。

我開車來到海邊，這裡有一棟面海的漂亮建築。當初我看了好多地方，我很慶幸最後選了這裡。每次我來的時候，他都坐在落地窗邊，津津有味地看海。

「爸。」

窗邊的老人轉過來，眼中充滿疑惑，儘管如此，他仍衝我咧開微笑，整張臉都是笑紋。

我心酸酸的，爸去年開始不記得我了，儘管我每週都會來看他。

我坐到爸身旁，遞給他一袋炒花生。爸眼睛瞬間亮起來，他們不准他吃炒花生，爸愛吃的東西他們幾乎都不讓他吃。此刻看著爸爸開心的模樣，我突然覺得我是不是錯了。

我是不是不該答應爸爸，讓他住到這裡，應該讓他跟我們住在一起。

爸知道自己確診阿茲海默症後，堅持要搬去療養院，還訂做了一個複製仿生人，要代替他陪伴小寶。他不願讓小寶看見他生病的模樣，不願讓小寶發現阿公不記得他了。爸說當年他爸得阿茲海默症後也做了同樣決定，他起初不理解，但他現在懂了。

我還是不懂，我可能永遠都不會懂。

「這味道跟你阿公炒的一模一樣。」

我愣住，發現爸正靜靜看著我，眼中有熟悉的溫柔光芒。爸回來了。

「小寶最近好嗎？」

我眼眶濕熱，我有好多好多話想跟爸說，好多好多事情想跟他分享。但下一秒，他眼中的光芒消失了，又衝我咧開佈滿皺紋的客套笑臉。

「謝謝你啊，你怎麼知道我愛吃炒花生？」

「你愛吃，我下次再帶給你吃。」

「不會害你受罰吧？他們不准我吃。」

我搖搖頭。爸放心笑了，笑得那麼年輕開心，就像一個孩子。

生日快樂，爸。

◎願我們永不遺忘。

天堂

剩下我和阿達。

小米誤觸防盜機關，被高壓電流電死，皮膚全焦黑剝落。晴文太慢逃出假展示間，吸入過多腐蝕毒氣，整條氣管都融化了。Sam被電腦機房的守衛發現，亂棒打死。明天他們三人的屍體會被吊在和平廣場上，跟其他幾百具屍體吊在一起。

大家都死了，剩下我和阿達。

我們要偷的東西就在前方那扇黑色大門後頭，但沒有Sam植入電腦病毒，我們永遠無法通過這條充滿惡意的走廊。

天花板的警示照明將一切染上不祥的血紅色，響徹空間的警報嗚響不斷震動著內臟。時間不多了，守衛很快就會破解炸彈鎖闖進來，到時一切就完了。

我看向阿達，知道我們想著同一件事，只剩下一個辦法了。

我微笑摸上阿達的臉頰，「再見。」

我轉身走向走廊，阿達一把將我拉了回來，一個深情纏綿的吻，跟我預料的一樣。

我知道阿達喜歡我，我一直都知道，我也知道他不會讓我死在重力阱。

我沒有想過要利用他，但如果只剩下這個選項，我也不會放棄利用他。阿達穿過走廊，觸發一個又一個重力阱，直到最後一個重力阱位置也暴露後，他才容許自己倒下。

他的血一路流到我腳邊，我的唇角還有他的餘溫。

現在不是流淚的時刻，我毫髮無傷穿過走廊，沒有多看阿達一眼，我眼中只有前方的黑色大門。

我推開門，在原地愣了許久。

我一直都知道那是一台機器，但我沒想過會這麼龐大，十幾公尺的挑高空間塞滿了閃閃發光的電晶計算核，所有線路全匯集到下方一張玻璃座椅。

我上前坐上椅子，玻璃表面微微發熱，溫度適中非常舒服。我想起他們給這台機器取的暱稱：「天堂」。

至於地獄，當然就是我生存的此時此刻。人類幾千年來不斷破壞環境，環境最後終於反噬人類，導致人類發生基因變異。所有人都會因為變異基因發病，全身從裡到外長滿潰爛水泡，在無盡的折磨中死去，無藥可治，無一倖免。

於是「天堂」出現了。這是一台安樂死機器，可以讓人幸福死去，臨終的感覺宛如天堂。但「天堂」非常昂貴，全世界只做了十台，只有金字塔塔尖最末端的一小批人才有機會享用。

過去人類每日辛勤工作，想的都是如何活得更好，現在所有人只在意如何死得更好。死亡面前人人平等成了最大的笑話。

我無法偷走機器，但至少可以幸福死去。

我深呼吸，準備離開地獄進入天堂，但我卻發現一個恐怖事實，機器的控制台在房間另一端，我無法自己安樂死自己。

我笑了出來，這一切都白費了，所有的犧牲和死亡都白費了。我明天就會加入他們，一起吊在和平廣場上。

我聽見模糊的爆炸聲，守衛破解炸彈鎖失敗了，也代表他們不再需要解鎖了。守衛很快會衝進來，我只剩下一點時間，我只剩下一件事該做。

我把氣若游絲的阿達搬到椅子上，一點也不費力，他四肢斷了三肢，血也流乾了，整個人輕得可怕。

地面開始震動，腳步聲越來越響，我靜靜看著阿達的臉，眼淚這一刻才終於流下來。他們說無論多嚴重的病人用了這台機器，都可以在死前放下痛楚，感受天堂的美好。

我希望是真的。

◎靈感來自藤子・F・不二雄的一篇科幻漫畫，裡頭有一種公共設施，大家可以隨意走進去自殺。重力阱則致敬俄國科幻小說《路邊野餐》。

回娘家

今天大年初二，我第一次要回娘家。

我結婚三年了，前兩次過年都沒有跟老婆回娘家。每次我都有藉口，不是工作忙，就是身體不舒服，但其實我是害怕。

我從沒見過岳父岳母，老婆家族的其他人當然也沒見過。我只知道他們和我是不同世界的人。

我從小家境貧苦，爸爸喝酒肝病過世，媽媽和哥哥都有智能障礙。打從我有記憶開始，就在賺錢養家，每分每秒都不得休息。

我沒有童年，也沒有青春期。我從不跟同學去吃飯看電影，所以我也沒有朋友，當然更不可能有女朋友。

曾經我以為我一輩子就這樣了，不可能有女生喜歡上我，直到我遇見她。

我們第一次見面就聊了整晚。我每一句話都可以逗笑她，她擁有我見過最美的笑容，我的灰暗世界因為她第一次有了色彩，那天是我這輩子最快樂的一天。

由於我工作忙碌，我們都只能在深夜見面，但感情仍舊進展飛快。牽手、接吻、做愛，每件事都是我的第一次，我的生命每天都比前一天更明亮。

我們辦了一場簡單的婚禮，只有我們兩個人參加。這樣就夠了，我不需要其他人，她就是我的全世界。

她每一年都希望我能陪她回娘家。今年初我媽過世了，這是我第一個沒有長輩的年。或許是因為這樣，我終於願意去見她的爸媽。

昨晚她握著我的手，溫柔說不用害怕，她會陪在我身邊。

今天大年初二，一早我就按照她昨晚的指示，出門去買必備的物品。天氣濕冷，就像我初遇她那天一樣。還記得那天我走出捷運站，看見前方的長髮女人疑似掉了東西，我趕緊撿起來追上去，沒想到一切就這麼開始了。

此刻我東西都買齊了。回家時碰到隔壁的王伯伯，他剛從市場買菜回來，一臉開心，說要給回娘家的女兒好好補一補。

我微笑跟他說新年快樂，想著岳父此刻是不是也正忙碌張羅，開心等待我們回去。

我回到房間，把東西一樣一樣準備好，一邊想著初遇她那天的事。

那天我追上長髮女人拍她肩膀，把她掉的東西還給她。她一臉嫌惡看著我，說這不是她的東西，轉身就走了。我困惑不已，打開手中的破爛紅包袋，裡頭有一張百元鈔、一束頭髮，和一張黑白大頭照，照片中的女生非常清秀。

當天晚上，我就在夢中見到她了。我們聊了一整晚，我第一次感覺人生有了意義，我們就是對方的靈魂伴侶。

此刻我躺在床上，眼皮越來越沉。我剛用膠帶封死門窗，在火盆裡燒炭。迷迷糊糊間，我聽到她的溫柔嗓音，她要我不用害怕，很快我就會去到她的世界，她會陪在我身邊。永遠陪在我身邊。

◎2022春節寫了一篇溫馨的微小說，2023想換個口味。把存了很久的冥婚紅包點子拿出來用，最後跑出這個故事。

蝴蝶與子彈

魯尼透過狙擊槍的高倍率瞄準鏡，看見星際飛艇降落在平台上。平台下方等待許久的群眾都站起來了，激動地鼓掌歡呼，齊聲大喊銀河總統藍絲敏夫人的名字。

魯尼趴在一棟大樓樓頂，雕像般動也不動，他的注意力全落在兩公里外緩緩打開的飛艇艙門上。如果只看他那隻眨也不眨的冷靜右眼，完全不會知道他的左膝以下剛被反物質機槍轟斷，鮮血正不停汩汩流出。

今天的一切都亂了套。

按照魯尼事前的調查，這棟大樓今天根本不該有人，但卻意外出現一隊保險公司的警備小組。這就算了，魯尼原本可以悄悄避開他們，但身上的音波彈卻突然故障亂響，害他的藏身處曝光，只好在對方還沒搞清楚狀況前殺出去，用一條腿換六個人。

今天的一切都亂了套，但沒關係，魯尼還是來到這裡了。這裡不只是方圓兩公里內最佳狙擊點，也是藍絲敏在公開場合出現過的最佳狙擊點。

藍絲敏必須死。魯尼一天比一天更確信這個事實。藍絲敏上任後大力提倡的自由經濟政策讓整個銀河聯邦陷入動亂，破產星球暴增，星際貧富差距來到百年高點，資源缺稀造成的戰爭隨處可見。魯尼出身的D128星球便是這場改革最早的犧牲者，產業外移帶走人口，留下來的產業也失去競爭力，陷入資源危機的星球選擇叛變脫離聯邦，卻成為藍絲敏殺雞儆猴的對象，在星際艦隊壓倒性的等離子光束炮擊下，整顆星球揮發殆盡，消失在星圖上。

藍絲敏必須死，這幾個字早已融入魯尼的血液裡，成為他生命的一部分。此刻魯尼的呼吸慢到幾乎停止，心臟兩秒才跳一下，他全身心都已經準備好了，只需等待對的那張臉出現在狙擊鏡裡。

來了！

藍絲敏緩緩步出艙門對群眾揮手，十字準星不偏不倚落在她的額頭上，千分之一秒的誤差都沒有，魯尼食指扣下扳機。

就在開槍的剎那，一隻蝴蝶突然飛掠過槍口，魯尼不敢置信，他已經幾十年沒有見到蝴蝶了。那瞬間蝴蝶的振翅輕盈到無法感知，但魯尼知道一切都完了，這零點一公克的空氣擾動已足以將他精確的彈道破壞殆盡。

子彈掠過藍絲敏的銀色髮梢，將艙門打個粉碎，保鏢們拿電磁盾一擁而上，瞬間就看不見藍絲敏身影。

魯尼眼前一黑，整個世界開始旋轉。

一隻蝴蝶……

這麼多年的心血，整個銀河系的未來，就因為一隻蝴蝶化為烏有……

絕望重擊魯尼的靈魂，他雙眼暴凸，臉孔猙獰顫抖，彷彿正經歷極大的痛楚。下個瞬間，他全身一震，眼中浮現微光，拖著腳開始往頂樓出口爬行。還不能放棄，只要他還活著就還有一絲希望，只要——

頭頂突然響起聯邦巡邏艇特有的刺耳蜂鳴聲，下一秒，六名全副武裝的特勤警察落雷般降落在屋頂，好幾道重力光束將魯尼牢牢壓在地上，動彈不得。

為首的特勤警察走到魯尼身旁，謹慎地拿出一個硬幣大小的金屬圓盤。魯尼瞪大眼掙扎，激動呼喊抗議、尖叫咒罵、最後痛哭求饒。他知道那片圓盤代表什麼，那是現今最不人道的刑罰，將囚犯的意識丟入無間地獄，反覆經歷心底最深處的恐懼，一次一次又一次，直到永遠。

「不要啊啊啊啊——」

在魯尼徹底崩潰失去神智之前，我登出他的意識虛擬實境。

身為所長的我毫無疑問是整個銀河系看過最多次魯尼惡夢的人，只輸給魯尼自己。

我鍵入密碼，玻璃艙門滑開，一股寒氣迎面撲來。我定定看著囚艙中沉睡的魯尼，從沒想過有一天我將親手摘下他額頭上那片圓盤。

外頭忽然傳來震動地面的炮擊悶響，頭頂落下粉塵，這裡也撐不了多久了。我伸出顫抖的手，拿下魯尼頭上的發亮圓盤，圓盤的光芒瞬間消逝，魯尼渾身一抖，眼皮細細顫動，他就要從惡夢中醒來了。

然後我將會告訴魯尼真正的惡夢模樣。

我會告訴他藍絲敏總統其實是他D128星球的老鄉，她為了銀河聯邦的未來，不惜忍痛殲滅母星，卻被魯尼用一顆子彈殺死了。正要復甦的星際經濟因此徹底崩盤，聯邦解體，眾星球紛紛自立為王，開始長達三百年的資源爭奪戰，銀河文明一去不返地進入黑暗時代。

我會告訴魯尼，全銀河每一個人都曾有過同一個幻想，幻想他惡夢中的那一隻蝴蝶，真的存在過。

◎致敬鈴木清順導演的黑白殺手電影《殺之烙印》。殺手原田有次執行暗殺任務失敗，因為蝴蝶飛來停在槍管上。媽啊有夠浪漫。

吃人世界

這是一個人吃人的世界，就是字面上的意思，沒有任何隱喻。

活屍病毒兩年前爆發後，世界人口少了八成，超過一半都是被吃掉的。

這兩年什麼骯髒事我都幹過，只為了活下去。除了生存，我腦中沒有其他念頭，直到我遇見她。

我是在廢棄遊樂園發現她的。她揹著一個大背包，坐在早已壞毀的旋轉木馬上。有那麼一瞬間我以為我已經死了，不然怎麼會見到天使。

我問她要不要跟我一起往北走。聽說政府每日在北邊發放糧食，一起上路可以有個照應。她答應了。我開心了一整天，像是告白成功的十七歲男孩。

一路上我們都沒有碰到其他人，活屍倒是遇見不少。她很驚訝我殺活屍如此熟練，我很意外她從沒有避開眼神，無論眼前的畫面多麼殘酷血腥。

末日世界沒有事可以做，於是我們聊天，聊很長很長的天。我們分享祕密，分享夢想，分享潛藏在心底最深處的恐懼。

有一晚我們抱在一起取暖，她的唇突然靠過來，一團熱氣將我包圍，將我帶離這個冰冷無情的吃人世界。

她的唇離開後，她把頭輕輕靠在我肩上，跟我傾訴她最大的祕密、夢想和恐懼。活屍末日前，她是一個單親媽媽，孩子只有六個月大。她夢想有天能帶孩子去遊樂園坐旋轉木馬，但孩子還來不及長大，就在她眼前被闖入家中的三名活屍分食。

我說不出一個字，只能更用力抱緊她。

兩週後，我們終於抵達了北方。謠言都是真的，我們領到了三天份的糧食。工作人員給我們兩張糧食卡，以後可以憑卡取糧。

當晚我們找了一處溫暖的地方，吃了一頓簡陋的燭光晚餐。整頓晚餐都是笑聲，我們很久沒有這麼放鬆了。等到吃飽了聊累了，我們就一起靠著頭躺下。

沒多久我就聽見她的規律鼻息。我坐起來，仔細端詳她的睡臉，把她的模樣牢牢記在心底。

「對不起……」

我拿出藏好的麻繩，準備繞上她的脖子。不要怪我，這是一個人吃人的世界。多一張糧食卡，我活下去的機率就多了一點，一點就夠了。

突然我眼前一陣暈眩，重重摔倒在地，四肢痠麻無力，整個人動彈不得。

她緩緩坐起來，眼神哀傷看著我。這一刻我才明白自己被下藥了。

「糧食卡給妳……不要殺我……」我用力吐出哀求字句。

她沉默，打開從不離身的大背包，拿出一團染血的骯髒破布。她一層一層揭開破布，飄出腐爛臭味。我瞪大雙眼，破布裡是一團噁爛肉塊。肉塊正在緩緩扭動，我才發現那是被咬去四肢、雙眼和聲帶的活屍嬰兒。

她抱著活屍嬰兒湊近我，嬰兒的血紅小嘴不停開闔，渴望著人肉。

◎最早想寫一個活屍末日愛情故事，結果寫成媽媽對孩子的愛。

First Love

智凱訂購的初戀機器人終於來了。

智凱把機器人藏到地下室，要是被老婆發現，他就死定了。

機器人外型是芷瑄十七歲模樣。高二那年智凱被朋友拉去飛盤社，芷瑄誤射飛盤砸到他。他頭暈眼花，看著慌張朝他跑來的芷瑄，還以為見到了天使。

事後他才知道，芷瑄也和他一樣，當場就對他一見鍾情。

這段回憶他最近回想了許多次。機器人公司需要建立完整的機器人記憶迴路，智凱要把他和芷瑄初戀的所有細節全部輸入機器人電子腦，這樣才能複製出他回憶中的芷瑄。

智凱花了三個月，反覆翻看當年的照片影片，口述錄下他和芷瑄的點點滴滴，再將這些資料上傳到機器人公司指定的雲端硬碟。

好幾次他陷入回憶中，沉浸在初戀的酸甜悸動，久久無法回神。但最終他還是必須回到現實，壓抑著心中的反感，上樓面對嘮叨不停的老婆。

但今天，芷瑄終於送來了。智凱在地下室小心開箱，合金外蓋緩緩打開時，他幾乎忘了呼吸，眼前的芷瑄和他記憶中一模一樣，毫無疑問是他一生一次的初戀。

智凱用顫抖的手找到芷瑄左耳下的開關，按下。

芷瑄緩緩睜開雙眼，輕輕眨了眨，接著露出智凱在夢中見過千萬次的虎牙笑容，甜喊他的名字。

「智凱。」

智凱呆住了，感覺置身夢中。芷瑄被他看得有些不好意思，低頭抓了抓瀏海，就和當年他們初見時一樣。

他的芷瑄回來了。初戀回來了。

「你在幹嘛？」

智凱全身一抖，想要藏起芷瑄，但已經來不及了。老婆從樓梯走了下來，冷冷看著這一幕。

「妳、妳聽我解釋……」

老婆走上前，按掉芷瑄的開關，轉頭看著智凱，眼中充滿了失望。

「為什麼？你不是已經有我了嗎？」

智凱神情痛苦，看著面前二十七歲的芷瑄，把藏在心中的話一股腦說出來。

「但妳不是她，我愛的人是她……」

芷瑄伸手按下智凱左耳下的開關，智凱閉上眼睛，進入休眠。

三年前，芷瑄和長跑七年的初戀智凱結婚。婚後他們沒有過著童話生活，天天爭吵不斷。芷瑄覺得智凱變了，他不再事事以她為重，不再對她呵護備至，不再是當年被她用飛盤砸到的害羞男孩。

芷瑄選擇和智凱離婚。重回單身的她卻一直沒有愛上別人，她始終無法忘掉她最美的初戀。

於是芷瑄花了半年，把所有回憶細節輸入機器人電子腦，打造出她記憶中的智凱，那個眼中只有她的初戀男孩。

她沒有想到，機器人智凱眼中也只有當年的芷瑄。

原來變的不只是智凱，她也變了。他們都變了。

芷瑄拿出手機打給機器人公司，要他們來回收機器人。她轉身上樓前，不捨看了最後一眼，她一生一次的初戀。

◎看了日劇《First Love 初戀》。明明是俗濫狗血的失憶情節，卻能拍得這麼好看，實在太厲害。決定也來寫一篇初戀微小說。

時光膠囊

時光膠囊是一門最賺錢的生意。

我的公司提供各種外型材質的膠囊，從簡易密封的愛心膠囊、設置密碼的機械鎖膠囊，到需要兩人指紋才能開啟的高科技合金膠囊，應有盡有。

小資族可以選擇把膠囊存放在公司的愛情保存庫。渴望復古情懷的人，公司在全台有數千個戶外掩埋點，情人可以一起掘土，把膠囊和感情深深埋入時間的沃土。不用擔心多年後景色變遷找不到，公司會提供精準衛星定位，並在期限到時提醒雙方前往取出。

再有錢一點，可以將時光膠囊發射到外太空，讓星光見證你們的愛情。多年後，情人可以攜手搭上太空旅遊艇，親自飛進星空回收膠囊。有一對情侶還同時舉辦太空婚禮，浪漫到星星都嫉妒。

二十年前我創辦時光膠囊公司，現在已經是世界百大富豪。但我一直沒有忘記我的初衷。

當年我和女友詩婷看完一齣日劇深受感動，決定仿效男女主角，各自把最珍貴的東西放入一個破鐵罐，埋入地底，約定二十年後再一起來打開，揭曉彼此的寶物。

埋完膠囊後一個禮拜，詩婷傳訊息跟我分手，然後就人間蒸發，音訊全無。

時光膠囊就是一個笑話，愛情在時間面前根本不堪一擊，所以我開始販賣愛情，靠情人的愚蠢誓言和浪漫幻想賺錢。購買時光膠囊的客戶，有九成都不會取回膠囊。公司每隔一段時間就要清理超過合約時限的膠囊，不論裡頭裝了什麼山盟海誓，都會在焚化爐的烈燄中燒成灰燼。

我每天都會從辦公室遠眺焚化爐，微笑看著煙囪冉冉升起的黑煙，全世界只有我知道，這就是愛情的真相。

但今天我沒有空看愛情黑煙，一早我就開車出城，前往我當年讀書的城市，找到荒地上那棵大樹。

二十年前，我和詩婷在這裡埋下時光膠囊，今天就是約定取出的時間。

我知道沒有人會過來，但我還是在車裡呆呆坐了許久，等到天都黑了，我才拿著鐵鍬下車。

我開始挖掘，腦中都是當年詩婷的臉，她笑起來的梨渦，她生氣噘起的小嘴。腳下的泥土柔軟而潮濕，就像回憶一樣。

鐵鍬碰到硬物，我加快速度，挖出記憶中的舊鐵罐。

我怔怔看了許久，不用打開我就知道裡頭有什麼：我們第一次看的電影票根、我們的第一張合照、我寫給她的五千字情書。這些都是我放進去的珍貴之物。

當年詩婷人間蒸發消失後，我就去把鐵罐挖出來。我以為可以在裡頭找到她分手的原因，可能是一封懺情書，或是一張絕症病歷。但什麼都沒有，詩婷什麼東西都沒有放。

分手後一個月，我在街上偶然看見詩婷和另一個男生親暱牽手逛街，她笑起來的梨渦還是那麼可愛，就像從前一樣。

後來我才知道，詩婷早就變心劈腿，所以她才沒有在時光膠囊放進任何東西。愛情不應該是這樣，充滿謊言和背叛，我要矯正這個錯誤，我要讓詩婷明白愛情真正的模樣。

我把鐵罐丟到一旁，繼續挖掘。鐵鍬再次碰到硬物，我蹲下來，徒手小心撥開泥土，露出一截蒼白的大腿骨。

我繼續細心撥土，不知道過了多久，月亮出來了，我也停下了動作。

我當年埋下的愛情，經過二十年光陰洗禮，變成一副乾淨無瑕的白皙骨骸。詩婷美麗的遺骨在月光下靜靜發著光，成為一件永恆的藝術品。

我微笑低頭欣賞，這專屬於我的時光膠囊。

◎故事中的日劇是《First Love 初戀》，因為太喜歡了，所以又用它當靈感寫一篇。傳訊息分手的女友則來自《台北女子圖鑑》的林怡姍。

DK和我

最近DK有點怪怪的。

DK是機器人DK78I5的簡稱，是第三代全能拓荒機器人，也是我在這個太空拓荒基地的唯一夥伴。

我和DK在這個基地共事了八個月，一直合作無間，但最近他有點怪怪的。

我注意到他偶爾會對空氣比出擊掌動作。或是在無人走廊上突然停下側身，彷彿要讓某個人經過。有次半夜我醒來發現娛樂室燈亮著，他正在跟空氣玩太空戰棋。

但這些都不是最詭異的，我發現他開始會自言自語。

有一次我真的太好奇，偷偷靠近想聽他在說什麼。

「我不能說。」DK對著空氣一直重複這句話。

「DK！」我喊他，「你在跟誰說話？」

「我不能說。」DK轉向我，重複著同一句話。

我讓DK做了三次詳細檢測，每一次的檢查結果都完全正常。

我開始覺得毛毛的。我打開檔案，研究基地的歷史。這個基地很新，在我之前沒有其他人來過，當然也沒有死過人。但這個星球則不然，最早有一批十五人組成的拓荒隊，因為不熟悉這星球的火山活動，發生了意外，全員喪生。

只是拓荒隊喪生的地點距基地十幾公里，他們過世時，基地甚至還沒蓋好。我告訴自己只是想太多了，但我卻忽然記起一件很重要的事。

上個月我曾經去拓荒隊喪生地點附近尋找礦脈，結果碰上火山爆發，差點掛掉。那天之後，DK就開始變得怪怪的。

該不會那天有別的東西一起跟回基地了吧……

我拚命說服自己現在已經是太空年代，不可能發生上世紀鬼片才有的虛構情節，但我還是無法不去想像最恐怖的可能性。我開始不願和DK待在同一個房間，晚上要開燈才能入睡。

我不再靠近拓荒隊出意外的地點，改去另一處火山群尋找礦脈。這天我和DK來到新的火山腳下，正要開始作業時，頭頂忽然傳來巨大悶響。

火山爆發了！

我和DK一起奔回車上，地面劇烈搖晃，探勘車因此翻覆，我眼前一陣天旋地轉，然後就是一片黑暗。

我在基地醒過來。

我不知道自己昏迷了多久，只知道一定是DK把我扛回來。我在走廊上找到DK。

「這次多謝你了。」我跟DK擊掌，「我昏迷多久了？」

「我不明白你的意思。」DK回答。

我正要再問一次，突然有個聲音傳來，一個人影出現在走廊底端，我愣住無法動彈。

「DK！」一個長相和我一模一樣的男人走到DK身旁，「你在跟誰說話？」

我愣愣看著男人，但男人完全沒有看我，彷彿我並不存在，他只是一直盯著DK。「你到底都在跟誰說話？」

「我不能說。」DK回答。

我全身上下都湧出雞皮疙瘩，瞬間明白了一切。拓荒隊全員喪生後，地球政府提出一種更安全有效率的拓荒計畫，一次只派一名人類和一個機器人。我現在終於明白這項計畫的全貌，要是人類意外喪生，就重新複製一個，輸入他生前的記憶，接續他生前的工作。

我因為探勘車翻覆意外過世，於是DK複製了一個新的我……

我想起DK第一次變得怪怪的那一天。那天我也出了意外，我以為我活下來，但其實當時的我已經死了，我是新的複製人，只是輸入了先前的記憶。前一個我則成為鬼魂，遊蕩在基地裡，就像現在的我一樣。

想到這裡我左右搜尋，果然發現了，前一個我正靠在牆邊微笑看著我。

「我們都死了？」我問他。

他微笑點頭。

「為什麼DK可以看到我們？」

「不知道，」他聳聳肩，「他就是一個能看到鬼的機器人。」

「我們要把這件事告訴他！」我指向最新的複製人，他還在跟DK說話。我來到DK身旁，激動地要他把一切真相告訴複製人。

DK轉向我，就在這一刻，我忽然想起過去DK自言自語的畫面，我發現我已經知道他的答案了。

「我不能說。」DK說。

◎如果相機能拍到鬼，機器人見鬼也很合理吧。

冒牌者症候群

方偉是一名年收上億的冒牌者症候群治療專家。

此刻他坐在城裡最高級的飯店泳池邊，服務生送來他點的世紀年份香檳，他才剛拿起酒杯，人就醒過來了。

方偉躺在造夢艙裡，遲遲不願起身，只要再多三秒鐘，他就可以嚐到香檳的滋味。又一次，整個世界都在跟他作對。

一個小時的美夢，花光了他所有積蓄。

但這是必要的，他需要先看見未來，才有動力繼續奮鬥下去。

方偉離開夢土樂園，開始今天的行程。他逐一拜訪願意見他的老闆和金主，推銷他的冒牌者症候群治療專利。

「什麼是冒牌者症候群？」老闆一頭霧水。

「覺得自己不夠好，配不上得到的一切，感覺自己就像個冒牌者。過去認為此病多半發生在成功人士，但其實每個人都可能得到，覺得自己不配幸福家庭的母親，不配老師稱讚的學生，不配升職加薪的上班族。冒牌者症候群就像憂鬱症，已成為一種文明病，有很大的潛在市場。」

方偉要求老闆先簽下保密切結書，才願意說出他驚天動地的治療方案。

老闆聽完治療計畫後，激動地要保全把方偉轟出去。

「浪費我時間，絕對沒有正常人會接受這種治療！」

那天剩下的行程也是如此，沒有人願意投資方偉，都覺得他瘋了。

方偉感到無比絕望。這三年來，他已經把所有願意見他的金主都拜訪完了。他對自己的理念很有信心，他只是需要資金來購買昂貴的造夢艙。他相信第一年就可以回本，十年內他就能成為世界百大富豪。

方偉知道他的療法驚世駭俗，但他仍舊沒有放棄。他只需要一個人，一個真正理解他的人，但他一直沒有找到。

方偉五十六歲生日這天，也是他流落街頭的第1087天，他染上了急性肺炎。他在濕霉紙箱裡瞪著灰色天空，呼吸越來越喘，視野漸漸變暗，他好不甘心，真的好不甘心。

然後他就驚醒過來了。

方偉躺在客製的豪華造夢艙，意識一點一滴從夢境回到現實，他想起來了，剛剛的一切只是一場夢。

他想起來自己是一名年收上億的冒牌者症候群治療專家。

三年前他如願找到金主投資他的事業，此刻他已經是世界百大富豪。方偉始終覺得自己不配現在的成就，恐懼下一秒他就會搞砸一切，失去所有。

所以他定期接受自己發明的冒牌者症候群治療法。治療方式非常簡單，就是讓患者在造夢艙中度過一個完全相反的痛苦失敗人生。等到患者醒來後，就會異常珍惜現在擁有的一切，沒有心力再東想西想。但由於夢境體感時間等同於真實時間，夢中人也不會意識到自己正在做夢，只能一天又一天活過痛苦絕望的數十年人生，很少人能夠接受如此折磨心智的極端療法。

方偉離開造夢艙，心情仍隱隱激動，再一次，他打從心底感謝發生在自己身上的所有幸運。

◎這篇是〈我的機器人爸爸〉發表後的下一篇。當時粉絲頁突然多了六千人追蹤，我很怕下一篇寫不好被看破手腳，大家又會退追而去。冒牌者症候群是我那陣子切身有感的日常，最後我寫下這個故事，某種程度也治療了自己。

巴掌俱樂部

一名男演員在頒獎典禮上打了主持人一巴掌，網上出現各種檢討、反思與評論。有個單口喜劇演員覺得這一切都太幽默了，因此創了一個喜劇俱樂部，名稱就叫巴掌俱樂部。

顧名思義，不論喜劇演員開了什麼玩笑，只要觀眾覺得被冒犯，就可以上台打表演者一巴掌。

開幕那天，第一個上台的喜劇演員講了快一個小時，才終於因為一個墮胎笑話，被衝上台的婦人搧了一巴掌，全場歡聲雷動。

那天剩下的表演，又出現了十三個巴掌。其中有個喜劇演員被打到當場哭出來，甚至無法完成演出。

巴掌俱樂部一戰成名，每晚都座無虛席。觀眾專程來被笑話冒犯，上台打演員巴掌。沒機會上台的觀眾甚至會發出噓聲，抗議自己受到忽略。喜劇演員因此使出渾身解數，五湖四海全部得罪，務必讓大家都有上台打巴掌的機會。

俱樂部牆上有一面巴掌排行榜，記錄贏得最多巴掌的喜劇演員。各地優秀的喜劇演員蜂擁而至，不惜降價也要爭取演出時段，都希望能在排行榜上留下自己的名字。

舞台有了，傳奇開始誕生。有人專門蒐集百歲人瑞的巴掌，最高紀錄是一百一十三歲。有人被呼巴掌呼到單側耳聾，目標是達成雙側耳聾。有人累計被同一名觀眾打了八十七個巴掌，全都來自不同笑話，紀錄仍在不斷上修中。

巴掌俱樂部越火，網路上的抗議聲浪就越猛烈。許多網友都覺得巴掌俱樂部鼓勵語言和肢體暴力，敗壞社會風氣。巴掌俱樂部邀請這些網友前來欣賞演出，排行前十的喜劇演員無一缺席，火力全開激怒觀眾。最後這晚的巴掌數比平均多上二點三倍，抗議人士發現自己沒有比較高尚，大敗而歸。

巴掌俱樂部週年慶這一晚，湧入史上最多觀眾。排行榜前三名的喜劇演員要在今晚決一死戰，爭奪第一屆至尊巴掌王。

第一位登場的是排名第三的Mubi。他狀態登峰造極，創下自己單夜巴掌數新高。下台時Mubi整張臉腫成兩倍大，一舉超車前兩名，暫居第一。

下一位是原本排名第二的妙粒。她才講了五分鐘，就打破有史以來最高的單位分鐘巴掌數，逆轉超車第一。她表演到尾聲時，已經領先第二名將近二百個巴掌，勝券在握。

就在妙粒即將表演完畢下台時，發生了一件所有人意想不到的事。

妙粒的倒數第二個段子，激怒了一位獨臂人。獨臂人原本想上台賞妙粒巴掌，但他身旁一名光頭女性觀眾的刺耳笑聲讓他感覺更受冒犯，於是他轉身甩了女人一個巴掌。這是有史以來第一起觀眾打觀眾事件。

光頭女人的男伴很快反擊，回敬獨臂人一個火辣耳光，並脫口罵了他一句。這句話明顯冒犯了旁邊一名母胎單身宅男和另一個髮量稀薄的男人，他們兩人也因此加入戰局。他們兩人的反擊話語又激怒了身旁其他人，戰局因此不斷擴大。整晚情緒都處於燃點的觀眾像被引爆的連環炸藥，一發不可收拾，所有人開始互相攻擊。巴掌呼不夠，還拆下椅腳桌腳，甚至拿出小刀互捅。咒罵和哀號此起彼落，俱樂部瞬間成為人間煉獄。

就在這時，一個弱不禁風的矮小男人緩緩走上台，他是原本排名第一的喜劇演員佛陀。他冷靜拿起麥克風，一口氣說完一個八十五字的段子。

請恕我無法在此重述這個段子，我只能向諸君保證，這段子以極其完美的方式，冒犯了當晚在場所有人。

每個人都停下動作，愣愣看著台上的佛陀，不敢相信他剛出口的話。第一個回過神的人是同在台上的妙粒，她生氣甩了佛陀一個耳光，把他的眼鏡都打飛了。這是第一起喜劇演員打喜劇演員事件。

下一秒，台下觀眾一擁而上，每個人都殺紅了眼，手起掌落把佛陀往死裡打。等到大家終於冷靜下來時，佛陀已經倒在血泊中，沒有了呼吸心跳。

佛陀的死讓俱樂部被勒令停業，原本的週年慶成為巴掌俱樂部的最後一夜。

事後人們發現佛陀上台前一刻，在臉書發了兩句話，內容如下：

「言語暴力真的可以殺死一個人，看看我。」

這是佛陀最後的段子，他用生命留下的地獄梗。沒有人會被冒犯，除了佛陀本人。

人們終於發現是佛陀犧牲了自己，化解當晚可能死傷慘重的大混戰。

人們在網上頌揚佛陀的義舉，說他的犧牲象徵了多元問題的解答。最終網友發起集資，在俱樂部遺址前方建了一尊佛陀銅像。高台上的佛陀拿著麥克風，嘴角似笑非笑，俯視芸芸眾生。

半年後，佛陀銅像因為妨礙交通被悄悄移走。只有少數幾人知道，真正原因是市長某天路過時，覺得佛陀的笑容太過猥瑣，深深冒犯了他。

佛陀銅像被移到一座小公園。每天清晨都有一群大媽約好在銅像下見面，她們仰頭看著佛陀嘴角曖昧的微笑，一起拍打身體活血。朝陽下美妙的啪啪聲不絕於耳，好聽極了。

◎2022年奧斯卡頒獎典禮，威爾・史密斯上台打了主持人克里斯・洛克一巴掌。幾天後我寫了這篇小說。

失戀萬聖節

今天是萬聖節，也是莎莎失戀的第一百天。

莎莎走在夜晚信義區川流不息的人群中，眼前所見都是變裝的開心人們。各種妖魔鬼怪、超級英雄、動漫人物，每個人都花盡心思打扮變身，跟全城一起cosplay狂歡。

莎莎也不例外。她綁一對雙馬尾，穿白色公主袖上衣，桃紅吊帶連身裙。路上卻沒人認出她扮什麼角色，他們甚至不覺得莎莎有變裝，經過時看都沒看她一眼。

莎莎對這結果並不意外。原本她應該跟凱傑一起出現，只要凱傑在場，大家就會一秒知道她的角色。

但今天沒有凱傑。凱傑丟下她離開，一個字也沒留。

沒有人比凱傑更愛萬聖節，每年他都早早決定跟莎莎的變裝角色，半年前就會準備好他們的服裝。萬聖節當天他會帶莎莎在信義區走上一遍又一遍，跟每個變裝路人開心擊掌合照，像一個孩子。

想到凱傑讓莎莎差點哭出來。她走進前方洶湧的人群，試圖讓周遭的熱鬧笑聲沖淡悲傷，但卻只是更加孤獨，更加寂寞。

有那麼一瞬間，她期待可以在人群中見到凱傑，但很快她就把這念頭拋到腦後，她今天來信義區有別的目的，她要來終結痛苦。

莎莎走到松壽路上的天橋，看著下方奔馳的霓虹車流。天橋不高，但要是時機抓好，摔在車頭前方，這一百天來的痛苦就可以徹底結束了。

「小梅？」

莎莎嚇了一跳，轉頭看向聲音的來源，她徹底怔住。

她眼前站著一隻龍貓，布偶裝的龍貓。

「妳扮小梅嗎？」龍貓說。

莎莎愣愣點頭。原本的萬聖節計畫就是她扮小梅，凱傑扮龍貓。《龍貓》是凱傑最愛的宮崎駿作品，小梅則是他最愛的角色。

「妳一個人嗎？」龍貓問，「如果妳不介意，要不要跟我和我朋友一起玩，我現在要去找他們。」

等莎莎意識到的時候，她已經和龍貓並肩走在人群中。每個人一看到他們就咧開笑容，大家都拿出手機拍他們，上前要求合照，小朋友們特別開心，纏著他們不願離開。有那麼一瞬間，莎莎徹底忘了凱傑，像小梅一樣開心大笑。

莎莎和龍貓幾乎繞了整個信義區一圈，把所有笑臉都看了一輪，笑聲聽了一遍。最後莎莎發現他們又回到松壽路上的天橋。

「你朋友在哪？」莎莎困惑。

「我說謊了，我剛只是想趕快帶妳離開，我怕妳跳下去。」

莎莎怔住，驚訝看著龍貓。

「為什麼妳想自殺？」龍貓問。

莎莎轉身靠在欄杆上，靜靜看著底下的車流。她伸手指向一處馬路路緣，那裡有一個花瓶，裡頭有一朵新鮮的白桔梗。

「一百天前，我男友在那裡被酒駕撞死了，他就這樣拋下我走了，不管我們曾經有過的夢想，曾經說好的約定，就這樣走了，陳凱傑，你怎麼可以這樣！」莎莎對著下方大吼，「我不准你就這樣走掉，你聽見沒有，你給我回來，陳凱傑！」

「我知道妳很難過，但小梅不會自殺的。」龍貓說，「小梅雖然愛哭，但她比所有人都要勇敢。」

莎莎怔怔望著風中顫動的桔梗，她依稀感覺這段話似曾相識。

「我一直覺得妳跟小梅很像，或許因為這樣，我才會這麼喜歡妳。」

莎莎瞪大雙眼，她想起來了，凱傑常這樣對她說，妳跟小梅好像，想笑就笑，想哭就哭。莎莎驚訝轉過頭，發現龍貓消失了。

天橋上只剩下她一個人。

莎莎在天橋上來回奔跑尋找，跑到氣喘吁吁，跌倒了好幾次，但她還是繼續找。怎麼可能？龍貓怎麼可能憑空消失？她忽然想起什麼停下腳步，激動拿出手機，查看先前路人傳給她的合照。

每一張照片中都只有莎莎和路人，沒有龍貓。

莎莎靜靜看著照片，眼淚不停滴下來，她發現照片中的自己笑得無比燦爛，就像一百天前，凱傑還在她身邊的日子。

莎莎終於懂了，她衝到欄杆旁，對著凱傑離開的地方大喊，彷彿凱傑就在下方微笑看著她。

「陳凱傑！我會好好活下去，我會努力面對明天，所以你不要再擔心我了！我答應你，今天過後我就不再哭了，我會比全世界都更勇敢，我們約定好了！」

莎莎喊到哽咽，仰頭哭得好傷心。夜空忽然炸開美麗煙火，彷彿凱傑在回應她。煙火的五彩光芒照在莎莎臉上，那麼燦爛，那麼溫柔。

◎一直都覺得萬聖節超勵志，所有人都可以成為想要的自己，就算只有一天。

週一微小說

我是一名小說家，每週一固定會在臉書發布一篇微小說。

起初我想藉由訂下規則，激勵自己持續創作，但在開頭的熱血衝勁逝去後，整件事變得十分痛苦。

每到週末，我就會因為微小說難產而焦慮胃痛。失眠是家常便飯，有次還因為寫不出來酗酒整晚，最後胃潰瘍送急診。

週一微小說開始大概兩個月後，我終於崩潰了。

我清楚記得那天是週日晚上九點，我推掉聚餐，在家瞪著螢幕整整三個小時，卻一個字也寫不出來。我跟小說之神祈求許願，希望祂能給我一個靈感，頭皮屑般的微小靈感也行，但什麼都沒有。

我放棄了，我是個廢物，九流作家，我沒有才華，我早該承認這一點，刪掉粉絲專頁，改行去賣雞排，或賣冰。

就在這一刻，抽屜裡傳出古怪的窸窣聲響。我打開抽屜，發現我習以為常的雜物上方，多了一張乾淨平整的Ａ４紙，紙上有一篇手寫的微小說。

我從沒見過這張紙，當然也沒讀過這篇微小說，一個關於天使和魔鬼賭棒球的故事。但文字的確是我習慣的筆法，讀起來也像是我會寫的故事，更重要的是，上頭怎麼看都是我的筆跡。

雖然完全沒道理，但我把它當成某次我喝醉斷片寫下的小說，整篇照抄發了出去。

下一個週日晚上，當我又因為靈感空白而考慮刪掉粉專時，抽屜傳出聲響，一張寫有微小說的A4紙，再度神蹟般出現在我的抽屜裡。

那天開始，我再也沒有親自寫過微小說了。畢竟，每個週日晚上九點零九分都會有奇蹟A4紙憑空出現，誰還需要絞盡腦汁創作呢。但我一點也沒有罪惡感，那些微小說有我的筆跡，有我的創作個性，每一篇毫無疑問都是我有可能寫出來的小說。

但偶爾，我也會對這件事抱持懷疑。今年奧斯卡發生威爾．史密斯巴掌事件，那個週日，抽屜裡就出現一篇諷刺小說〈巴掌俱樂部〉。那篇小說好到不像是我寫的，太天才了。但轉念一想，或許這就是我發揮十成功力的模樣。

我因此深受激勵，接下來那週我試圖自己寫一篇微小說，但週日A4紙出現後，我就把原本寫的東西丟進垃圾桶刪除。我很快就明白了，跟最好版本的自己競爭一點意義也沒有，我欣然認輸。

但這個禮拜天發生了一點小狀況，A4紙沒有出現。

我打開抽屜，沒有，我關上抽屜再打開，沒有，我用力關上抽屜再光速打開，還是沒有。已經九點四十八分了，我開關抽屜不下上百次，但依舊什麼都沒有。

我腦袋一片空白，不曉得該怎麼辦。我感覺胸口悶悶的，喘不過氣。我站起來想倒杯水，顫抖的手卻打翻了水杯，玻璃摔碎一地。

我開始耳鳴，眼前視野急速變暗，我重重跌在地上，胸口像被卡車輾過，無法呼吸。我仰頭看著書桌抽屜，痛苦的淚水模糊了一切，天啊，我怎麼會現在才想起來。

我想起那個晚上，神奇的Ａ４紙第一次出現的那個晚上，我在心底和小說之神許願：拜託賜給我最棒的靈感，讓我寫出源源不絕的微小說，我願意用生命交換，一篇換一年也沒關係……

＊註：這是昨晚抽屜出現的微小說，我已安排下週去做健康檢查。

◎說個祕密，這本書有九成的微小說都是從抽屜Ａ４紙抄來的。

午夜電梯

我第一次遇到她，是在午夜的電梯裡。

我上大夜班，總是別人要睡了，我才準備出門，這時搭電梯幾乎不會碰見任何人。

但那天電梯門一開，她就在裡頭了。

她一個人安靜站在角落，頭低低的，烏黑的及胸長髮遮住半張臉，一襲豔紅洋裝讓她膚色看起來異常白皙，幾乎沒有血色。

我們只相處了短短十五秒，從六樓到一樓，我卻感覺有幾小時那麼漫長。門一開我就衝出電梯，頭也沒回，不願再多耽擱一秒鐘。我無法形容，但她身上瀰漫著一股陰森的不祥氛圍。

那天開始，我總是在半夜的電梯碰見她。每次電梯門伴隨一陣寒氣打開，我就會看到她的紅衣身影。她永遠站在角落。沉默低著頭，彷彿已經在那裡站了一輩子。

儘管我怕得要死，還是每次都鼓起勇氣踏進電梯。不知為何，我總感覺要是我站在電梯外不進去，她便會嗅到我的恐懼，從此就纏上我了。儘管這一點道理也沒有，她可能只是跟我一樣上大夜班的鄰居。

但今晚是我第一次後悔踏進電梯。

電梯門才剛關上，頭頂的燈就開始斷續閃爍，女人的暗紅身影因為燈光時隱時現，我瞥見她血紅色的嘴唇緩緩嚅動，這時電梯開始劇烈搖晃，我緊貼牆壁，用力閉緊眼睛，祈禱一切趕快過去。

不知道過了多久，電梯終於靜止，門緩緩打開。我發現電梯還停在六樓，根本沒移動過。我顧不得這麼多，衝出電梯，一路跑下樓。

原本我打算之後再也不搭午夜電梯，但那天中午收工回家，我在電梯裡聽到兩位太太閒聊，說早上有法師來過。

「法師來幹嘛？」胖太太問。

「之前大樓有人上吊自殺啊，好像是感情問題。聽說這法師特別厲害，大老遠請來的。」瘦太太說。

瘦太太說得沒錯，法師果然厲害，那天晚上我沒有在電梯裡見到紅衣女子。隔天也沒有。大後天也沒有。紅衣女子就這麼消失了。

我日復一日搭午夜電梯去上班，沒有再碰到她，生活慢慢回到熟悉的常軌。正當我終於放寬心，不再每天提心吊膽等電梯時，她又出現了。

這天電梯門打開，她低頭站在同樣位置，衣服像血一樣紅，整個人比之前更加慘白，散發濃濃的駭人戾氣。我想轉身回家，但身體卻無法控制，雙腳自己走了進去。

電梯門轟然關上，也關上我最後的希望。頭頂燈光瞬間消失，眼前陷入一片黑暗。我心跳停止，尖叫悶在嘴裡，下一秒，整台電梯劇烈搖晃，燈光開始瘋狂閃爍，女子身影間歇出現，黑髮下的紅唇正快速嚅動。

忽然間，我注意到一個以前不曾留意的細節，我發現電梯四壁的裝修護板拆掉了，第一次露出牆上的鏡子。

我在鏡子中清晰看見女子的身影，卻沒有看到我自己。

回憶猛然襲來，我想起我被女友劈腿，痛不欲生，在租屋處上吊自殺……

我愣愣看著鏡中女子的臉龐，她看起來極度害怕，低頭雙眼緊閉，嘴巴唸唸有詞，我終於聽見她在唸什麼了。

她在唸南無阿彌陀佛。

◎想寫一篇鬼故事，從場景開始想，第一個跑進腦中的就是電梯。

愛在銀河燦爛時

雨瑄在星際轉運站碰到凱文，人生從此改變了。

雨瑄原本想利用等車的空檔讀書，隔壁座位中年夫妻的爭吵聲卻讓她無法專心，於是她換了座位，因此碰見凱文。

凱文問她在讀什麼書，雨瑄發現凱文手中也有一本書，她還發現凱文手指修長，笑起來的眼睛非常好看。

兩人很快聊了起來。雨瑄發現凱文是一個星際背包客，他到處旅行，從不在一個星球停留超過六個月。凱文則發現雨瑄是一位天才數學家，準備要去五十光年外的研究中心就職。

宇宙這麼大，兩人卻在一個小小的星際轉運站碰上了，感覺對方就是自己命中註定的靈魂伴侶，簡直就像奇蹟。

但兩人都沒有把自己的感覺說出口。時間一分一秒流逝，雨瑄等待的星際列車抵達了，她拿起行李，跟凱文道別。宇宙這麼大，她知道他們不會再見了。

「等等。」凱文激動喊住她，要她別走。「妳想像一下，十年二十年後妳結婚了，妳的婚姻失去熱情，變得枯燥乏味，妳開始回想妳曾遇過的某個男人，想像當初要是選擇了他會不會更好，我就是那個男人。」

凱文眼裡星光閃耀，雨瑄笑了。

雨瑄放棄研究中心的職位，凱文也放棄流浪生活。兩人在附近的行星定居，開始甜蜜的同居日子，每一天都幸福得像是天堂。

沒多久，雨瑄懷孕了。凱文在百年一度的流星雨下跟雨瑄求婚。孩子出生了。凱文為了孩子拚命工作，雨瑄專心在家照顧孩子。他們從不覺得辛苦，孩子的笑聲永遠都可以融化他們的心。

只是不知道從什麼時候開始，雨瑄會一個人偷偷哭泣，凱文則越來越少在家。他們開始爭吵，凱文抱怨他被困住了，說孩子是雨瑄設下的陷阱。雨瑄反擊說凱文騙走她原本光明的研究生涯，她才是受害者。

一旁的孩子聽不懂他們在吵什麼，只能一直哭一直哭。

生活越來越難以忍受，但兩人對孩子的愛卻讓他們無法逃離這一切，只能把無盡的不滿發洩在對方身上，日復一日折磨著彼此。

雨瑄說服自己，只要等到孩子長大，他們就可以離婚了。沒想到孩子卻感染罕見病毒，大腦退化到三歲程度，無藥可醫，一輩子都需要他人照顧。

凱文崩潰了，天天酗酒度日。雨瑄不只要照顧孩子，還要照顧失能的丈夫。她知道自己永遠都無法逃離了，就是在這個時候，她開始進行她的研究。

那是她原本要在研究中心展開的計畫，利用智能數學運算宇宙大數據，理論上只要算盡所有可能性，就可以模擬命運。

雨瑄沒有資源，沒有團隊，一個人在地下室默默研究。只有在做研究時，她可以暫時忘掉孩子的哭聲和丈夫的抱怨，暫時逃出名為生活的醜惡黑洞。

三十年過去了，雨瑄成為一個疲憊憔悴的中年婦女，但她終於完成了研究。此刻她站在電腦前方，所有數據都已輸入完畢，只要按下啟動鈕，就可以模擬命運。

這三十年來，她只有一個目標，她想知道當初她若是沒有跟凱文留下來，她會擁有什麼樣的未來。

雨瑄緊張地朝啟動鈕伸出手，就在她要壓下按鈕的前一刻，整個世界靜止了。

四周牆壁突然消失，電腦消失，地下室消失，只剩下靜止不動的全像投影雨瑄，維持原來的姿勢站在空無一物的模擬室裡。

模擬室的門打開，真正的雨瑄走了進來。她剛才暫停了模擬，因為她已經知道按下啟動鈕的結果了。

當年雨瑄沒有因為凱文留下來，她選擇搭上星際列車，前往追逐她的研究夢想。她和研究中心主任結婚，生了兩個小孩。婚後老公外遇，婚姻有名無實。她一直想知道，要是當初她沒有搭上列車，要是她當初選擇愛情而非事業，她會有什麼樣的人生。

由於研究中心有充分的資金和團隊，雨瑄只花十五年就完成研究。她啟動機器後做的第一件事，就是模擬當年自己的另一個選擇。

此刻雨瑄走到全像投影的自己面前，眼前的中年婦女雨瑄臉龐爬滿皺紋，皮膚粗糙黯淡，但眼瞳卻閃閃發光，充滿了希望。

她終於明白了，人會後悔，是因為對另一個選擇還抱有希望。要是連這希望也破滅了，連後悔的資格也沒有了，那才是最悲慘的人生。

雨瑄走出模擬室，把所有研究檔案刪除。她抬頭望著窗外滿天星空，忽然想起凱文的眼睛。

◎致敬經典愛情電影《愛在黎明破曉時》。片中伊森・霍克在火車上邂逅茱莉・蝶兒，他說服她下車共遊一晚的那段話就是本篇的靈感來源。

聖誕大劫案

「羅志祥。」禿頭男人自我介紹。

「靠北喔，那我金城武。」刺青男人說。

「初音。」落腮鬍男人低沉開口。羅志祥和金城武明顯都想吐槽，但他們忍住了。初音一臉兇神惡煞，塊頭是他們兩倍大，看起來很不好惹。

「你呢？」我問，「你叫什麼？」

我面前的小胖子呆呆看我，一臉蠢樣，耶穌到底去哪找來這個菜雞。

我跟小胖子解釋我們每個人都要取一個代號，不要用本名，我們對彼此的了解越少越好。

小胖子支支吾吾，羅志祥看不下去說：「今天聖誕夜，你乾脆就叫聖誕老人好了。」

金城武大笑附和，小胖子愣愣點頭。

就這樣，我和羅志祥、金城武、初音、聖誕老人要一起去偷銀行金庫。耶穌是我們的聯絡官，他負責安排任務找成員，我從沒見過他本人。

計畫是這樣：皇家銀行前的廣場今晚舉辦萬人聖誕演唱會。初音開車載我們到銀行後門，用羅志祥偽造的門卡進入，金城武連上電腦解除防盜裝置，我和聖誕老人安裝炸藥，用歌曲重低音做掩護炸開金庫，幹走鑽石上車閃人。

一切都很順利，保全都聚在二樓窗邊看演唱會。我進到金庫，雞蛋大的王室鑽石在展示台上靜靜閃耀光輝。我上前拿起鑽石，頭頂照明忽然消失，響起巨大警鈴。

「搞什麼！防盜不是都解除了嗎？」羅志祥生氣揪起金城武領子。

「別吵了，閃人！」

我領著大家衝出去，黑暗中槍聲響起，火花時隱時現。我們狼狽衝到後門，初音要我們趕緊上車，我卻忽然發現一件事，聖誕老人不見了。

黑暗中傳來呻吟，聖誕老人倒在走廊上，求我們不要丟下他，他中彈了。

我看著懷中價值上億的鑽石，這是我的聖誕禮物，能完成我任何願望。媽的，早知道就不要跟耶穌說這是我最後一票，立flag果然沒好事。

我把鑽石拋給羅志祥，「我一分鐘沒出來你們就先走。」

我衝進去，才剛找到聖誕老人，外頭車子就開走了，十秒都不到，一群混帳。

聖誕老人身下一大片血泊，我用力壓著他傷口。他一直重複同一句話，我叫他安靜閉嘴，他卻停不下來，失血讓他腦袋缺氧錯亂了。

下一秒，三名保全持槍將我包圍。

我高舉雙手，「先叫救護車——」

槍托狠狠砸上我後腦，我眼前一黑，暈了過去。

我在病床上醒來，頭痛得要命，手被銬在床欄。一名女警探進來跟我說了幾個名字，我都不認識，後來才知道她在說羅志祥、金城武和初音。

他們都死了，屍體今早在碼頭被發現。女警探說初音想要黑吃黑，把車開去有人埋伏的碼頭，結果初音自己也被殺了，鑽石下落不明。

我的最後一絲希望也破滅了。我本來期望就算自己坐牢，至少耶穌會拿我那份錢幫我完成願望，付我女兒的手術醫藥費。

現在什麼都沒了……

「你女兒的手術排在明天。」

我不解，瞪大眼看著女警探。

「你的身分公開後，有記者查到你女兒重病，你是因為手術費才鋌而走險，結果有人匿名捐款付了這筆錢。你說對了，這個案子果然是你的最後一票。」

我驚訝愣住，女警探微笑眨眨眼，指了指她胸口的十字架項鍊。媽的，她就是耶穌啊。

我突然想到一件事，「聖誕老人呢？他沒事吧？」

「什麼聖誕老人？」

「中槍的小胖子啊，我就是因為他才沒有上車。」

耶穌說從來就沒有什麼小胖子，一開始她就只找了四個成員，我、羅志祥、金城武和初音。

病房角落的聖誕樹擺設突然傳出聖誕頌歌。我想起昨晚我衝回去救小胖子，當時我以為他失血過多神智不清，所以才會面帶微笑，反覆問我同一句話——

「你相信有聖誕老人嗎？」

◎寫於2022聖誕節，一年中最適合奇蹟的日子。分享一個設定彩蛋：主角的代號是Mr. Brown，來自他最喜歡的劫盜電影《霸道橫行》。一群珠寶店搶匪以顏色作代號，Mr. Brown由昆汀·塔倫提諾飾演，他也是本片的導演。

女巫早餐店

「其實吼，阿姨是一名女巫。」

七天前，早餐店阿姨神祕兮兮對我說。

我不知道阿姨叫什麼，我一直都叫她阿姨，她一直都叫我帥哥。

這家早餐店食物普通，距離學校也遠，但因為某個原因我常來吃。吃到阿姨都認得我了，每次都事先準備好我的早餐。

「一樣薯餅蛋餅大冰奶吼？」

「謝謝阿姨。」

平常我們的對話就這兩句，但七天前，阿姨卻突然說了第三句。

「你喜歡剛剛離開那個女生吼？」

我嚇一跳，趕緊轉頭看向門口，幸好晴雯已經走遠了。晴雯就是我常來這家早餐店的原因，她都在這裡吃早餐。

「阿姨妳怎麼知道？」

「其實吼，阿姨是一名女巫。」阿姨神祕兮兮說，「阿姨什麼都知道。」

我呆住，還沒有時間思考，阿姨就接著說：

「你想要她當你女朋友對不對？阿姨可以用女巫的魔法幫你喔。」

「怎、怎麼幫？」

我只是隨口問問，畢竟女巫什麼的根本就不可能，但沒想到阿姨是認真的，超級認真。

她拿出一張紙，詳細寫下魔法儀式需要的物品，要我七天後的早上六點四十四分把東西全都帶來交給她施法，她保證這樣晴雯就會跟我在一起。

阿姨認真到我甚至開始懷疑，她要不是瘋了，不然就真的是一名女巫。

當然，九成九是前者，但我還是乖乖準備阿姨要求的物品。可能我也瘋了吧，我暗戀隔壁班晴雯整整三年了，卻從沒跟她說過一句話，離畢業只剩下一個月，我已經沒什麼好損失的了。

但當我真正開始蒐集阿姨需要的施法物品時，我才發現一切有多困難。

第一樣物品是一張77分的數學考卷。阿姨說不是隨便找一張就可以，一定要是我本人的考卷，而且一定要是77分。

小考前幾天我通宵念書，考試時我反覆驗算檢查了三遍，確保分數加起來不多也不少。發考卷時我的歡呼聲傳遍整棟大樓，老師還以為我中了樂透。

第二樣物品的難度又更高了：一盒過期三天的草莓Pocky。我跑遍每一家超商超市，不要說過期三天，連三個月內到期的都沒有，每一盒保存期限都是半年以上。

我不死心。每天放學就到處去找，最後終於在一家外表激似鬼屋的老舊雜貨店找到剛過期的Pocky。

最後一樣反而相對簡單：一朵在清晨5點20分剪下的紅玫瑰。我事先聯絡好花農，今天一早天還沒亮我就去農場買花，備齊三樣物品趕去早餐店。

早餐店已經開了，跟平常一樣沒人。阿姨檢查完物品之後滿意點頭。她把考卷折成五芒星形狀，要我收在身上。然後把Pocky放在最靠近門的桌子上，還仔細調整了一下方位。最後她把玫瑰插在水杯裡，放在出餐台上陽光最耀眼的地方。

「好了，你去坐著，我來弄早餐。」

「這樣就好了？」

「好了好了，阿姨還會騙你啊。」

阿姨趕我去坐下，我還在疑惑的時候，晴雯出現了。

她在最靠近門的桌子坐下，像平常一樣拿出習題來寫，等待她的早餐。但今天有件事不一樣，她注意到桌上的Pocky。

晴雯眼睛發亮，很快拆開包裝，拿出一根就要放進口中。

「同學！」我急忙上前阻止，「這盒Pocky過期了不能吃！」

晴雯神情一愣，她低頭看外盒的保存期限，然後瞪大雙眼。

「真的過期了欸！」晴雯轉頭看向阿姨，「媽，妳怎麼買到過期的啦！」

媽？

阿姨神色自若，「啊就沒注意嘛，妳不是說最近數學都不會，那個帥哥數學很好捏，你幫忙教教我女兒啦。」

我？數學很好？

「媽妳不要鬧啦。」

「可以啦，他每天都會來吃早餐，幫妳看數學剛好，帥哥可以吼？」

阿姨對我使眼色，我回過神，用力點頭，在晴雯對面坐下。

「妳、妳哪一題不會？」

晴雯低著頭，指著書上一道習題。

我很快講解給她聽。我發現書上每一題我都會。上週為了考到77分，我只能先讓自己有100分的實力，才能決定自己要考幾分。那些徹夜苦讀完全沒有白費。

數學解完了，早餐也吃完了。我發現晴雯的臉從剛才就好紅好紅。

「你們還不去上學喔，會遲到捏。」阿姨突然開口。

晴雯說她要先去上個廁所。

「你可以等我嗎？」她低著頭說。

「喔……好。」

晴雯走進廁所，阿姨笑嘻嘻來到我身旁。

「阿姨跟你說吼，晴雯喜歡你很久了啦，阿姨看得出來你也喜歡她，但你就一個大木頭，阿姨只好幫幫你。」

我恍然大悟，原來根本就沒有什麼女巫魔法。阿姨不該經營早餐店，應該去當國策顧問吧。

「那、那我等一下要送她那朵玫瑰花嗎？」

「三八喔，那是給阿姨的啦，你不覺得花插在那裡很美嗎？」

我愣愣看著陽光下的紅玫瑰，真的很美，但還是有些地方怪怪的。

「為什麼花要清晨五點二十分剪下來？還有，為什麼Pocky要剛好過期三天？為什麼是77分？」

「這樣講比較像真的女巫啊。」阿姨笑得很開心。

我正要抗議阿姨整死我了，晴雯就走出廁所，她看到我露出害羞微笑，我也笑了。為了這個笑容，要我再找五百盒過期三天的Pocky也沒問題。

我和晴雯一起走出早餐店，阿姨突然追出來，把一杯豆漿放到我手上。

我驚訝愣住，剛才我的確想外帶一杯豆漿去學校喝，但晴雯的笑容讓我徹底忘記這件事。

「阿姨您怎麼知道我想外帶豆漿？」

阿姨對我眨眨眼，露出女巫般的神祕微笑。

◎早餐店阿姨肯定都是女巫吧，不然怎麼都看得出來我是帥哥。

囚犯

我被逮到了。

起初，他們把我關在一間高級套房，每天準備三餐外加宵夜，房裡還有電視可以看。和我原本在外頭的生活相比，這裡簡直就像天堂。

但我知道這只是暫時的，因為我終究無法滿足他們的願望。

果然才第二個禮拜，我就被換到陰濕牢房，一天一餐，不准洗澡。頭幾天身體癢得受不了，但沒多久就習慣了，也習慣自己身上的酸腐臭味。

每天都會有人進到牢房，勸我合作。

一開始是和顏悅色的男人們，有時還會伴隨幾名裸體女人。男人們答應我，只要我配合，女人要多少有多少。

我說我辦不到。

很快男人們就失去了耐性，他們不再出現，換成一名小個子禿頭男人。禿頭男人有雙毒蛇的眼睛，我猜他連血都是冷的。

蛇男很有耐性，他知道他擁有全世界的時間。他緩慢折磨我，用各種我聽過沒聽過的刑求方法。

蛇男很有分寸。他永遠不會讓我昏過去，他明白我能承受的底限，他總是給我最大程度的痛苦。當我來到一天的極限時，他就果斷收手，開始收拾東西，像一個準時下班的公務員。

有天蛇男拿著血淋淋的鉗子，一臉疲憊跟我說，他已經碰過五個像我一樣的人，他們都死了，他希望我不一樣。

但我還是沒有開口。不是我不想，是我真的辦不到。

我沒辦法再編出任何一個故事。

曾經我是一名小說家，但有一天，我突然失去說故事的能力。我看了新聞才知道，地球上所有人都面臨相同狀況，全世界再也沒有人能生產故事。不只如此，過往的故事也都消失了，小說、漫畫、電影、舞台劇，所有媒材上的所有故事都一夕消失了。

留給人類的只剩下生存，只剩下食慾和性慾。人類有無數方式可以滿足肉體的慾望，但沒有了故事，人的精神只能永恆的飢餓。

沒有人知道故事對人類竟然這麼重要。成千上萬的人精神崩潰，攻擊事件頻傳，暴動四起，一個又一個政府被推翻，文明傾垮滅絕，人類退回野獸，靠本能求生。

故事成為最高級的稀缺品，只要傳聞哪裡有說故事的人，人們就會前往朝聖，或是掠奪，但最後都發現那是一場騙局。

這世上已經沒有小說家了，我跟蛇男說。

我知道，他說，眼底閃過痛楚。我忽然發現，蛇男並非天生就是一名刑求者，他本來可能是一位老師，或是鋼琴家。他跟這個世界一樣，被奪去了最美好的東西。

蛇男放下鉗子，轉身走出去。沒多久他回來，牽著一個五歲的孩子。

我怔住。

這十年出生的孩子，在沒有故事的世界長大，他們的笑聲扁平，缺乏同理心和想像力，他們不知道眼淚也可以是喜悅，不知道黑暗中還能擁有希望。他們活著，但也就僅僅只是活著。

眼前的孩子卻不一樣。

他有一雙我見過最明亮的黑色眼睛，那雙純真的眼瞳此刻正安靜望著我，渴求著故事。

我全身顫抖，淚流滿面。

神啊，拜託，讓我再說一個故事，一個就好。

我潛進自己空無一物的黑暗意識，痛苦尋找字句。我只需要一個開頭，只需要一點微光，就有機會能驅散黑暗。我看著孩子清澈的眼睛，發現我需要的一切就在那裡。

像召喚遠古的魔法，我乾裂的嘴唇緩緩吐出遺忘許久的字句。

「……很久很久以前……」

孩子的眼眸亮了起來，閃爍如星。我繼續說下去，一個句子接著一個句子。我想起來了，故事就是這樣誕生的，從孩子眼中的光開始，一點一滴長成無垠宇宙。

「然後呢？」孩子迫不及待問道，「然後怎麼了？」

看著孩子充滿期待的雙眼，我知道世界又重新擁有了故事。

◎原本想寫一個小說家是超級英雄的自爽故事，但寫著寫著，故事自己長出了結局，才發現這故事不是關於英雄，是關於孩子，關於故事本身。獻給所有喜歡故事的人。

後記

這本書的起源和微小說完全沒關係，來自一個簡單的念頭：我想出國讀書。長時間居住在語言不熟的國度，開啟全新的飲食習慣，擁有文化相異的朋友，這些經歷究竟會帶給我什麼轉變？因為實在太好奇了，所以我在三十歲那年辭去工作，飛到倫敦念電影編劇。

一年後我回到台灣，發現自己一點也沒變，還是同樣一個我。英文依舊破爛，依舊愛賴床，依舊不會煮飯。唯一的差別，大概只有說故事的技巧進步了一點點，還有認識了一群喜愛電影創作的朋友。

因為這群朋友的關係，我又認識另一個朋友，經由她的介紹，我加入蕭雅全導演主持的編劇工作室。

那時工作室剛成立，開了一個臉書粉絲頁，蕭導要求工作室的編劇們每週一輪流在粉絲頁發文。主題不限，什麼都可以寫。起初我都寫日常點滴隨筆，但生活過得乏善可陳，實在沒有亮點。儘管六週才輪到一次，最後仍舊沒東西可寫，我只好開始虛構，寫起微小說。

後來我決定同步發表在自己經營七年的粉絲頁，賭一口氣從六週改成每週寫，「週一微小說」系列就這麼開始了。篇幅從最早自己限定的三百字（怕太長沒人有耐性看），慢慢突破五百、一千，最後索性拿掉字數枷鎖放飛自我。之後工作室不再需要發文，我還是持續週更，一路寫到現在。

現在回頭看才發現，要是沒有蕭導，沒有那群朋友，沒有出國念書，就沒有週一微小說，也不會有這本書了。

人生真的很奇妙啊。

回到2022年六月，已經寫了一整年微小說的我還不知道人生有多奇妙，只覺得煩惱時常懷疑自己。不論多麼努力寫，觸及永遠只有追蹤人數的十分之一，讚數只有少少二、三十，偶爾還會發出去一小時沒半個讚，彷彿被整個世界遺棄了。我不禁問自己，每週寫一篇微小說真的有意義嗎？

2022年八月十四日禮拜天，我在潮州街的咖啡館趕工寫隔天要發的微小說。我暫時忘記悲慘的讚數和觸及率，全心投入在故事裡。我想像同志父母的小孩可能受到的歧視和霸凌，想像這樣的故事若發生在遙遠的未來世界，會是什麼模樣？

隔天我在粉絲頁貼出〈我的機器人爸爸〉，然後一切就轟轟烈烈地改變了。

這篇微小說被分享三千多次，六十幾萬觸及，短短幾天粉絲頁追蹤人數翻倍破萬。許多朋友都回去看之前的微小說，不吝點讚留言，你們不會知道，這些舉動對我來說有多麼重要。換到另一個時空，我可能還在孤獨地寫微小說。除了幸運我無法解釋這一切，我唯一能做的就是懷抱感激的心繼續寫。

最後，我得到出版這本書的機會。編輯和我從94篇微小說中精選了62篇，再加上10篇全新作品，成為我創作微小說近兩年的一個總結。

我很早就決定要替每篇小說加上簡短後記，這念頭來自我深愛的小說家尼爾・蓋曼。他的短篇小說集每一本都是珍品，我愛到不能再愛。尤其愛他在書中寫出每一個故事的創作背景或靈感來源，像是幕後花絮，好看得不得了。

當我也這麼做之後，我發現某種程度上也分享了自己的創作想法、我喜愛的電影和小說，還有我在這段時間的生活剪影。後記讓這本小說集不只是小說集，還多了作者在故事之外的模糊影子，希望有加分。

唯一一篇沒有後記的是〈我的機器人爸爸〉。這篇就是它的後記，太多話想說，只能獨立出來寫在這裡。

最後我要感謝孟孟。她幫我看每一篇微小說，給我無價的誠實建議，還時常幫我的靈感澆水。要是沒有她，這本書的水準肯定連現在的一半都不到。

我不知道還會不會有下一本微小說集，但我可以保證我會繼續寫，絞盡腦汁地寫。如果你們湊巧喜歡我的故事，臉書粉專每週一晚上六點，來讀小說吧！

東澤

我的
機器人爸爸

東澤作品
004

我的機器人爸爸 / 東澤作. -- 初版. -- 臺
北市：春天出版國際文化有限公司,
2023.10
面； 公分. -- (東澤作品集)
ISBN 978-957-741-616-2(平裝)

863.57 111018366

ISBN 978-957-741-616-2
Printed in Taiwan

作　　者　東澤
封面設計　克里斯
總 編 輯　莊宜勳
主　　編　鍾靈
責任編輯　黃郁潔

出 版 者　春天出版國際文化有限公司
地　　址　台北市信義路四段458號3樓
電　　話　02-7718-0898
傳　　真　02-7718-2388
E－mail　frank.spring@msa.hinet.net
網　　址　http://www.bookspring.com.tw
部 落 格　http://blog.pixnet.net/bookspring
郵政帳號　19705538
戶　　名　春天出版國際文化有限公司
法律顧問　蕭顯忠律師事務所
出版日期　二〇二三年十月初版
定　　價　299元

總 經 銷　楨德圖書事業有限公司
地　　址　新北市新店區寶興路45巷6弄6號5樓
電　　話　02-8919-3186
傳　　真　02-8914-5524